JN289678

陳舜臣

EIYU ARITE
Shunshin
Chin

中国古典紀行

英雄ありて

たちばな出版

中国古典紀行

英雄ありて

英雄ありて——目次

史記の旅——5
三国志の旅——49
唐詩の旅——97
西遊記の旅——151
水滸伝の旅——197
あとがき——241

装丁　川上成夫
題字　村田篤美
写真　Keren Su/Getty Images

史記の旅

『史記《しき》』は、前漢《ぜんかん》の歴史家・司馬遷《しばせん》の著した中国を代表する歴史書である。伝説時代の黄帝《こうてい》から、漢の武帝《ぶてい》にいたる二千数百年の壮大な歴史がつづられている。

司馬遷は、太史令・談《たん》の子として、幼少から学問の基礎を教えこまれた。二十歳と三十五歳での二大旅行で史家として必要な経験を深め、ひろい教養と高い見識をつちかった。

父は業なかばで病没、遷は遺志をつぎ筆を起す。中途で悲運の将軍李陵《りりょう》を弁護したため宮刑《きゅうけい》に処《しょ》せられたが、よく屈辱に耐えて書きつづけ、十三年目ついに完成させる。

この書は、雄大な構想と公平な記述の歴史書としてばかりでなく、不運や悲劇に対する、するどい洞察と陰影にとんだ文章によって、文学の書、思想の書としても読みつがれている。

司馬遷旅行図

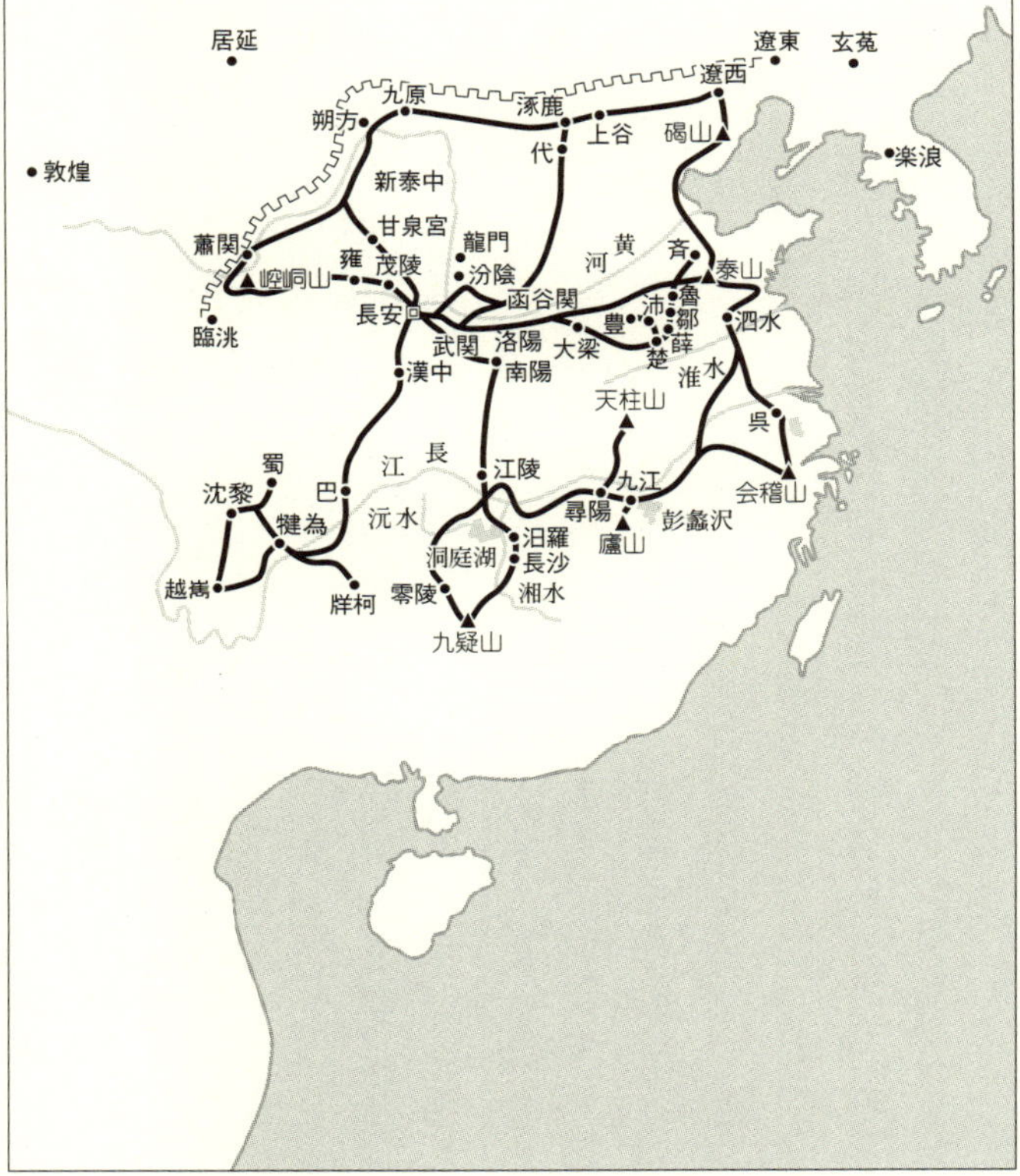

居延
遼東
玄菟
遼西
九原
涿鹿
朔方
上谷
碣山
代
敦煌
楽浪
新泰中
甘泉宮
龍門
蕭関
雍
茂陵
黄
河
斉
泰山
崆峒山
汾陰
函谷関
長安
沛
魯
鄒
泗水
豊
臨洮
武関
洛陽
大梁
薛
楚
淮
水
漢中
南陽
天柱山
呉
長
江
江陵
蜀
巴
九江
会稽山
沈黎
犍為
沅水
尋陽
彭蠡沢
汨羅
廬山
洞庭湖
長沙
越嶲
牂柯
零陵
湘水
九疑山

大旅行家・司馬遷

『史記《しき》』の作者司馬遷《しばせん》は、当時としてはまれにみる大旅行家であった。

遷《せん》は龍門《りゅうもん》に生まれ、河山の陽に耕牧す。年十歳にして則《すなわ》ち古文を誦し、二十にして南のかた江《こう》・淮《わい》に遊び、会稽《かいけい》に上りて禹穴《うけつ》を探り、九疑《きゅうぎ》を闚《うかが》い、沅《げん》・湘《しょう》に浮かび、北のかた汶《ぶん》・泗《し》を渉《わた》り、業を斉《せい》・魯《ろ》の都に講じて孔子《こうし》の遺風を観《み》、鄒嶧《すうえき》に郷射《きょうしゃ》し、鄱《は》・薛《せつ》・彭城《ほうじょう》に戹困《やくこん》し、梁《りょう》・楚《そ》を過ぎて以て帰る。是に於て、遷仕《つか》えて郎中と為《な》り使いを奉じて西のかた巴《は》・蜀《しょく》以南を征し、南のかた邛《きょう》・筰《さく》・昆明《こんめい》を略し、還《かえ》って報命す。

これは司馬遷みずからが、『史記』の末尾にしるした「太史公自序《たいしこうじじょ》」にみえる彼の旅行歴である。これによると、司馬遷は仕官するまえに、すでに大旅行をしている。仕官後の旅行は、皇帝の使者として、公的な任務を帯びてのものだったのはいうまでもない。仕官前の若いときの旅行は、ここには述べられていないが、父の命令による取材のためのものであった。

司馬遷の父の司馬談《しばたん》は、歴史を論載しようという念願をもっていた。息子に旅をさせたのも、そのための資料集めが目的であったのだ。司馬談は太史令《たいしれい》として朝廷に仕えていたので、勝手に旅行できる自由をもっていなかった。かりに休暇をもらって時間をつくっても、体力的に大旅行は無理だったのであろう。そこで、十歳のときから古文を仕込んで、特訓していた息子に、各地の記録や伝承を集めさせたのである。

司馬談はけっきょく、念願をはたすことができず、編史の大事業は、彼の死後、息子の司馬遷によって完成されることになった。司馬遷の取材旅行は、父のためではなく、自分の著述にじかに役立つものとなったのである。

司馬遷の生まれた龍門《りゆうもん》は、石窟《せつくつ》で名高いあの洛陽《らくよう》の近くの龍門ではない。龍は水神だから、中国では水にゆかりのあるところに、龍泉、龍江、龍門のたぐいの地名が多い。前記の洛陽龍門のほか、四川《しせん》、広東《カントン》、福建《ふつけん》、内蒙古《うちもうこ》、甘粛《かんしゆく》、湖南《こなん》などにも同じ地名がみえる。

司馬遷の生まれた龍門は、現在の陝西省《せんせい》韓城《かんじよう》県で、黄河《こうが》の西岸にある。黄河の東岸はもう山西省《さんせい》で、河津《かしん》県となっている。現在の地図をみると、禹門口《うもんこう》という地名があり、いにしえの聖人の禹《う》が、そこをうがって水を通したという。『水経注《すいけいちゅう》』によると、南北朝のころ、ノミのあとがまだ残っていたそうだ。伝説の聖人禹であったかどうかはわからないが、太古、そこで大規模な治水工事がおこなわれたにちがいない。水流がけわしく、魚はそこをさかのぼることができない。けれども、そこをさかのぼった魚は龍と化すといわれている。

龍門を登る――登龍門、ということばは、この地名からきたのである。

ここは汾河《ふんが》が黄河に合流する地点に近く、古代史の重要な舞台でもあった。

父が朝廷に仕えたので、司馬遷はかなり早くから長安《ちょうあん》に出たであろう。そして二十になると江《こう》・淮《わい》（揚子江《ようすこう》と淮河《わいが》）のあたりに遊んだ。「遊ぶ」といっても、ただの遊覧でなかったのはいうまでもない。戦国時代の記録を集めたのである。まだ紙が発明される前のことだから、木簡や竹簡に記録されたものを写し取るという、至難の事業であったのだ。

会稽山《かいけいざん》は浙江《せっこう》省にある山で、魯迅《ろじん》の出身地であり、酒どころでもある紹興《しょうこう》に近い。越《えつ》王句《こう》践《せん》が呉《ご》王夫差《ふさ》の大軍に囲まれたのが、この会稽山であった。会稽の西の山塊が、これまた龍《りゅう》門《もん》という名をもっている。龍門といえば、禹《う》が登場することになるのだろうか。禹は死んで会稽山の穴にはいったという伝説がある。若き司馬遷はその禹穴《うけつ》をさぐっている。彼はこのあたりで、呉越のことを取材し、それが「呉世家《せいか》」「越世家」「伍子胥《ごししょ》列伝」に活用されたのであろう。

そのあと、司馬遷はおそらく揚子江をさかのぼり、湖南の九疑山《きゅうぎざん》をうかがい、おなじ湖南の沅水《げんすい》や湘水《しょうすい》に舟をうかべた。九疑山は、古代の聖人舜《しゅん》が葬られたという伝説があり、舜の二人の妻は夫の死をきいて、悲しみのあまり湖水に身を投げたといわれている。湘水は洞庭湖《どうていこ》にそそいでいるが、おなじ湖の、ほど遠からぬところにそそぐ汨羅江《べきらこう》は、失意の屈原《くつげん》が身を投げたところでもある。ここで司馬遷は、「楚世家」「屈原列伝」の取材をしたにちがいない。

さらに北のかた汶水《ぶんすい》、泗水《しすい》を渡った。汶水は山東《さんとう》半島の萊州湾《らいしゅうわん》に流れこむ川で、泗水はおなじく山東省の南陽湖《なんようこ》にそそぐ川である。泗水の流域には、孔子《こうし》のふるさとの曲阜《きょくふ》のまちがあるのだ。戦国時代では汶水は斉《せい》、泗水は魯《ろ》の国にあたる。そのあたりを、学問的武者修行をして、孔子の遺風を観察したという。「孔子世家《せいか》」の取材がおもであっただろうが、漢《かん》代の儒者は、やはりこの地方の出身者が多い。泰山《たいざん》は封禅《ほうぜん》の儀式がとりおこなわれた重要な土地である。「封禅書」は、このときの取材が役に立ったにちがいない。

曲阜に近い鄒《すう》県の嶧山《えきざん》では、郷射《きょうしゃ》の演習をおこなった。郷射というのは周《しゅう》代の一種の儀式で、郷の長老が賢能の人を王に推挙するためにおこなわれたという。司馬遷は記録を集めただけでなく、このような古代の儀式を実践してみることもしたのだ。

山東半島の鄱《は》・薛《せつ》・彭城《ほうじょう》というところでは、困難な旅になったようである。そして、梁《りょう》・楚《そ》を経て、長安に戻った。みのり多い取材旅行であったはずだ。

郎中《ろうちゅう》という侍衛官になってからは、皇帝の命令によって、巴《は》、蜀《しょく》の地、すなわちいまの四《し》川《せん》省に出張した。西南夷《せいなんい》の居住地域をまわり、まつろわぬ者たちをうちなびかせたのである。

このときの経験が、「西南夷列伝」を書くときに、どれだけ大きな力になったかわからない。

大月氏国への使者・張騫

以上は『史記』の作者の旅行だが、『史記』に登場する人物も、しきりに旅をしている。伝説の人物を除けば、『史記』のなかの最大の旅行家は、張騫《ちょうけん》であることはまちがいない。

張騫は漢中《かんちゅう》の人であった。漢中は陝西省の南部で、その地名どおり漢水《かんすい》のほとりにある。この漢水が長江に合流するところが、漢口《かんこう》であるのはいうまでもない。巴・蜀の地（四川）から中原《ちゅうげん》に出るには、ここを通らねばならない。項羽《こうう》と劉邦《りゅうほう》とが秦《しん》をほろぼしたあと、劉邦がはじめて漢王に封ぜられた土地である。漢という国号も、これに由来するのだから、漢代では建国ゆかりの地域とみなされた。張騫は長安に出て、郎中として武帝《ぶてい》に仕えた。司馬遷がはじめて出仕したときも郎中であったことは前述した。二百石の官で、身分としては高いとはいえないが、宿衛官なので、皇帝のそば近くにいるので、才能があれば、抜擢されるチャンスがあった。

漢の武帝は、曾祖父高祖《こうそ》劉邦の建国以来の懸案である匈奴《きょうど》問題を、武力によって解決しようとおもっていた。高祖は白頭山《はくとうさん》（山西省大同《だいどう》市近辺）で匈奴に包囲され、屈辱的な講和条約を結んでいたのである。

漢に投降した匈奴の人たちから得た情報では、月氏《げつし》は匈奴にやぶれ、国王を殺され、その髑《どく》髏《ろ》を杯にされているので、匈奴をはげしく憎んでいるという。月氏は匈奴に復讐したいが、同盟国がないので、いかんともしがたく、無念の涙をのんでいるというのだ。これは漢にとっては、耳よりな話であった。月氏に使者を派遣して、軍事同盟を結び、匈奴を挟撃するという、願ってもない作戦を立てることができる。

朝廷では月氏への使者を募り、張騫はそれに応じたのである。彼は長安を出発して、はるばるウズベキスタン共和国にあったとおもわれる大月氏《だいげつし》国まで、長い旅をした。月氏はもと敦煌《とんこう》付近を本拠としており、匈奴に負けて、西へ逃げて国をたてたのが大月氏とよばれ、敦煌にとどまって匈奴に服属したのが小月氏と呼ばれていたのである。

張騫は隴西《ろうせい》（甘粛省《かんしゅくしょう》）を出て、匈奴の地にはいったところで、たちまち匈奴にとらえられ、抑留されてしまった。当時の匈奴の首長は、かつて漢の高祖に大打撃を与えた冒頓《ぼくとつ》単于《ぜんう》の孫の軍臣《ぐんしん》単于であった。

——月氏は吾が北に在り。漢、何を以てか往《ゆ》きて使いするを得ん。吾《われ》、越《えつ》に使いせんと欲せば、漢、肯《あえ》て我に聴《ゆる》さんや。

軍臣単于がこう述べて、張騫を抑留したのは、とうぜんすぎることであった。自分の国を挟撃する軍事同盟を結びに行く使者に、おめおめと通行を許すなど考えられない。もし匈奴が漢を挟撃するために、その南方の越と軍事同盟を結ぶ使者を送った場合、漢はそれを許すだろうか？

ここにいう越とは、春秋戦国時代のあの句践《こうせん》の越のことではない。漠然と閩越《びんえつ》と呼ばれた、中国の南方——福建や広東地方のことを指す。広東には南越という国があり、王子を長安に人質として送り、漢に服属してはいたが、一応独立していた。この南越国がほろびたのは、元鼎《げんてい》六年（前一一二）のことで、張騫が西域から帰ったあとである。

張騫は匈奴に抑留されること十年余に及んだ。長安を出るとき、甘父《かんほ》という匈奴人を連れていたので、抑留期間もなにかと役に立ったであろう。張騫は匈奴の女性を妻として、匈奴の人になりきったようにみえた。そのため、警戒がしだいに緩み、やっと脱出することができたのである。

匈奴は遊牧国家だから、張騫も転々と居を移したにちがいない。脱出したあと、『史記』はただ、

――西走して数十日、大宛《だいえん》に至る。

と記すだけで、そのコースは明記していない。

軍臣単于は、「月氏は吾が北に在り」といっていたのに、張騫が北へ走らずに西へ行ったのは、彼の抑留中に月氏が移動していたからである。月氏は現在の新疆《しんきょう》ウイグル自治区伊寧《いねい》市を中心とするイリ地区に逃れたが、そこは烏孫《うそん》国の勢力圏にあり、月氏はさらに中央アジアを南下して、現在のサマルカンドあたりにおち着いていた。このような情報は、抑留されている張騫の耳にもはいっていたのであろう。

コースは不明だが、私は新疆のハミ、トルファン、クチャ、アクス、カシュガルを経て、現在の国境を越え、テレク峠からフェルガーナにはいった、と推理している。天山《てんざん》北路からのコースも考えられないことはないが、そこには大月氏を追放した烏孫という強国があった。最終

目的地の国と友好的でない国を通るのは賢明ではあるまい。天山南路は小国ばかりである。『史記』にある大宛は、ウズベキスタン共和国のフェルガーナ市付近であることはまずまちがいない。天山南路のオアシス国家とおなじように、大宛も小国であり、あまり問題ではなかった。張騫は大宛から康居《こうきよ》を経て大月氏に到り着くことができた。

大月氏は肥沃な土地を得て、そのうえ、大夏《たいか》という商業民族を服属させ、すっかりおち着き、現状に満足していた。故地の敦煌から長い漂泊の旅のすえ、やっとかち得た平和を、再び失いたくなかった。匈奴にたいする復讐をもはや考えていないのである。

そんなわけで、張騫のめざした軍事同盟締結は不首尾に終わった。だが、漢はそのころ、すでに独力で、衛青《えいせい》や霍去病《かくきよへい》といった名将によって、対匈奴戦争を有利に進めていたのである。

張騫の帰途のコースは、『史記』に、

南山に並《そ》い、羌《きよう》中より帰らんと欲す。

とあるように、南山すなわち崑崙《こんろん》山脈の山麓ぞいに東へむかったのだ。カシュガル（疏勒《そろく》）、ヤルカンド（莎車《さしや》）、ホータン（于闐《うてん》）、クロライナ（楼蘭《ろうらん》）を経て、柴達木《ツアイダム》から甘粛《かんしゆく》に抜けようとしたのである。楼蘭から敦煌へ行くのが順路だが、その地方は匈奴の勢力下にあったので通れなかった。ところが、比較的安全だとおもっていた、チベット系の羌にも匈奴の勢力が及んでいて、張騫はまたしても抑留されてしまった。

このころ、匈奴では軍臣単于が死に、その弟の伊稚斜《いちさ》が軍臣の太子於単《おたん》と対立し、深刻な内訌《ないこう》がはじまっていた。両派の対立はその勢力圏内にも波及し、張騫はそのどさくさにまぎれて、脱出することができたのである。

長安を出発して、十三年後、張騫はやっと戻ってきた。出発のときは百余人の従者を伴ったが、帰ったときは甘父ただ一人であった。もっとも、出発のときにいなかった張騫の家族が、はじめて長安の土を踏んだのである。

のちに求法《ぐほう》僧によるこの地域の旅行があるが、漢代以前では、張騫の大旅行は、まさに空前絶後であった。

――騫、人と為《な》り彊力《きょうりょく》、寛大にして人を信ず。蛮夷《ばんい》もこれを愛す。堂邑父《どうゆうほ》（甘父のこと）は故《もと》胡人（匈奴）にして射《しゃ》を善《よ》くす。窮急になれば禽獣を射て食を給す。

と、『史記』「大宛伝」にしるす。この大旅行は張騫の人柄と体力に加えて、甘父の忠誠によって、はじめてなしとげられたのである。軍事同盟締結には成功しなかったが、彼の旅行によって、西域の事情が漢にわかるようになった。これは大収穫であり、人びとは、

——張騫の鑿空《さくくう》。

と呼んだ。これまで詰っていたところに、孔《あな》をあけて、よくわかるようになったという意味である。

張騫はその後も、対匈奴戦争に従軍して、その経験を大いに活用することになった。

合従連衡時代の遊説家

張騫の西域行きは、距離の遠い大旅行であった。それにくらべて、距離的にはそれほど遠くないが、忙しく東奔西走する旅行をくり返したのは、戦国時代の遊説家《ゆうぜいか》である。彼らは縦横《じゅうおう》家《か》（合従連衡《がっしょうれんこう》の外交技術に長《た》けた専門家）と呼ばれた。その代表は蘇秦《そしん》と張儀《ちょうぎ》である。

蘇秦は洛陽《らくよう》、張儀は魏《ぎ》の人であり、まずどちらも中原《ちゅうげん》の出身であった。そして二人とも、鬼谷《きこく》先生に師事したことになっている。鬼谷先生は謎の人物で、その経歴はわかっていない。『史記』の「蘇秦伝」には、蘇秦について、

――東のかた斉《せい》に師に事《つか》え、之を鬼谷先生に習う。

とあるから、斉の国にいた先生であるらしい。斉の国祖は智謀の人といわれた太公望呂尚《たいこうぼうりょしょう》

であった。司馬遷は『史記』「斉太公世家」の末尾につぎのようにしるしている。

――吾《われ》、斉に適《ゆ》きしが、泰山より之を琅邪《ろうや》に属し、北は海に被《いた》るまで膏壌《こうじょう》（肥沃《ひよく》な土地）二千里なり。其の民は闊達《かったつ》にして匿知《とくち》（知恵を深くかくした人）多きは、其の天性なり。

そのすぐ隣りの魯《ろ》の国が仁を重んじたのに対して、山東半島の大部分を占める斉は、知力にすぐれた人が多かったのだ。そのなかから出た鬼谷先生などは、中原の人たちに、智謀を教えたのである。

鬼谷先生がどんな人物だったかわからないが、その弟子である二人の大遊説家の言動からみれば、政治的な目的を達成するためには、仁も徳も無視してよいと教えたのであるらしい。二人のやり方をみると、マキャベリズムの権化であるような気がする。

魏の出身である張儀は、楚（現在の湖南を中心にした地方）に行った。楚は中原連合のプレッシャーにあえいでいた。もっとも、中原側にすれば、南方からの楚の圧力が強かったという言い分があるだろう。ともあれ、天下の覇権争いに、楚が大きな役割を占めていたのである。

張儀がどこから、どうして楚へ行ったか、そのデテールを私たちに示してくれない。ほかにもっと記述すべきことが多いのである。蘇秦にしても鬼谷先生に学んだのち、放浪すること数年と述べられている。張儀も、卒業後、すぐに楚へ行ったのではなく、諸侯のあいだを遊説してまわり、彼について記述に価することが、楚においてはじまったということなのだ。

戦国七雄のほか名目ながら周《しゅう》王室も存在していた時代である。国境などはどうなっていたのであろうか。孟嘗君《もうしょうくん》が鶏鳴狗盗《けいめいくとう》のたぐいを利用して、秦《しん》都を脱出し、関所を抜けたという話が紹介されているところをみると、国境や関門があったことはわかる。だが、鶏が鳴くと関門をひらき、出入国について、たいした審査をするわけでもなかったようだ。戦国七雄が対立していた時代、諸国の往来は、わりあい自由であり、遊説家もほうぼうを放浪することができたのであろう。

遊説家もピンからキリまであるだろうが、高級なそれは職業的外交官であり、軍使でもあるので、出入国は制約されるどころか、便宜をとりはからってもらえたにちがいない。だが、張儀が最初に楚にあらわれたときは、遊説家のなかでもキリのほうに属していたのである。本人は遊説家のつもりかもしれないが、受けいれるほうにとっては、居候《いそうろう》、すなわち食客にすぎない。

食客にもいろいろと段階があって、待遇にも等級があったようである。張儀は楚の宰相のところで酒を飲み、宰相所蔵の璧《へき》（玉）を盗んだ疑いをかけられ、何百回も鞭《むち》打たれてしまった。張儀の妻がなげいて、あなたが読書して遊説などするから、こんな目に遇《あ》ったのです、とぼやくと、張儀はぺろりと舌を出して、

——吾が舌を視《み》よ。尚《な》お在りや否や？

と問い、妻が「そりゃありますよ」と答えると、

——足れり。（それならじゅうぶんだ）

と言ったエピソードはこのときのことである。彼は自分の弁舌に絶対の自信をもっていたのだ。

このあと、ある人のすすめで、彼は趙《ちょう》の国へ行った。鬼谷先生のところの同門で彼よりすこし出来の悪かった蘇秦が、すでに趙で重用されていたからである。

鞭打たれた張儀が立ち去った楚都は、当時郢《えい》にあった。長江が清江《せいこう》をあわせる湖北省宜都《ぎと》県

のすこし東にあたる。趙都は邯鄲《かんたん》にあった。現在の河北省南部の邯鄲市にほかならない。郢から邯鄲までは、かなりはなれている。楚と趙とは国境を接していないから、コースによってちがうであろうが、韓とか魏とか、あるいは弱体化した国とはいえ、周や衛を通って行かねばならない。

邯鄲といえば、私たちはどうしても「邯鄲の夢」の故事をおもいおこす。日本の能にも邯鄲という曲名があり、この地名の知名度は高い。盧生《ろせい》という青年が、邯鄲の宿で昼寝をしていると、譲位されて皇帝となり栄華の五十年を送った夢をみたが、目がさめてみると、アワ飯をたくわずかのあいだにすぎなかったので、翻然《ほんぜん》と悟るという筋である。もっとも唐《とう》の李泌《りひつ》の『枕《ちん》中記《ちゆうき》』は、もっとくわしく、進士に合格し、節度使になり、宰相に進み、趙《ちよう》国に封ぜられ死ぬまでの夢ということになっている。このように旅人の話の舞台になるのは、ここが河北平野から中原に出る交通の要衝であり、しかも山西への道も通じているからであろう。

さて張儀は邯鄲に来たが、同窓の蘇秦にはずかしめられ、発憤して秦へむかった。趙と秦とは北方で国境を接しているが、そこからはいれば、たいへんな迂回になるので、やはり魏の国を通ったであろう。

秦都はかつて櫟陽《れきよう》に置かれていたが、孝公のときに咸陽《かんよう》に都を移している。

咸陽は渭水《いすい》の北にある。のちに漢や唐が都を置いた長安は、渭水の南であり、それほど遠くない。

中国の地名の「陽」は、山の場合はその南であり、河の場合はその北を意味する。日本でも山の南を山陽、北を山陰という。洛陽は洛水という川の北である。咸陽は渭水の北だから陽だし、九嵕山《きゅうそうざん》の南だから、こちらも陽なので、「咸《み》な陽」という意味の命名であった。

張儀は秦に仕え、対楚工作に力をそそいだ。楚は東の大国の斉《せい》と連合して、西の大国秦にあたるべしという親斉派と、西の秦と結んで平和を保つべしという親秦派に分かれ、重臣たちが対立していた。屈原は前者であったが、張儀が乗りこんで親秦派をバックアップしたため、屈原は追放されることになった。楚からの帰途、張儀は韓王に説いた。

張儀は秦の宰相となったが、のち魏の宰相となった。斉に使いし、西のかた趙へ行って趙王に説き、さらに北のかた燕《えん》に説くといったありさまで、戦国七雄の国を股にかけて大活躍したのである。

蘇秦は「合従」といって、超大国の秦に対抗するために、あとの六国を連合させることに力をそそいだ。張儀はそれに対して「連衡《れんこう》」といって、超大国の秦に他の六国がそれぞれ友好関係を結ぶという構想をもったのである。この二人の大遊説家は、天下を素材として、自分の夢を実現させるために東奔西走した旅行家である。王の使節として、宰相待遇を受けていた人物だから、おおぜいの従者を従えての旅行であったはずだ。『史記』には、張儀が秦から斉へ行き、斉を去って趙へ行き、北のかた燕に赴き、そして秦に帰ったというふうに、点と点とを結ぶだけで、線の記述がない。大名行列であってみれば、旅そのものには問題はなかったであろう。匈奴や羌といった非友好的政権の領域を通り、禽獣《きんじゅう》を射て食べものとし、砂漠や雪山を越えた、あの張騫の苦難の旅とはくらぶべくもない。

壮士、一たび去ってまた還《かえ》らず

おなじ主命を帯びた旅といっても、さまざまである。たとえば、荊軻《けいか》の旅は、生きて再び戻ることができない、悲壮なものであった。『史記』「刺客列伝《しかくれつでん》」によれば、荊軻は衛の人だが、先祖は斉の人で、のち燕へ行ったとある。張儀や蘇秦は、知力と弁論によって、諸侯のあいだに遊説して、自分の前途をひらこうとしたが、ほかに武芸と胆力とによって、用いられようと、諸国を旅した者もいたようだ。荊軻はその一人であったにちがいない。

そのころ、燕は西からくる圧力にたえかねていた。燕の太子丹《たん》は、秦王政《しんおうせい》（始皇帝《しこうてい》）を暗殺することによって、一挙に逆転することをはかったのである。

『史記』によると、殷《いん》をほろぼした周の武王は、北燕の地に召公《しょうこう》を封じたとある。西暦前一〇二七年ごろのことで、召公の子孫が国をうけついで、綿々と戦国末期に至った。秦にほろぼされるまでの約八百年のあいだ、さまざまなことがあったにちがいないのに、あまりくわしいことが記録されていない。中原から遠くはなれていたので、さまざまな抗争にまきこまれることがすくなく、大事件があまりおこらなかったのかもしれない。あるいは、塞外《さいがい》民族が燕と中原とのあいだにいたので、燕のことが中原に伝わり難かったのだろうという説もある。

燕の都は時代によっておなじではなかったであろうが、まず現在の北京市あたりにつくられたはずだ。現在も北京の雅称を燕京と称している。

燕は中原からはなれているうえ、もし版図《はんと》をひろげようとすれば、遼東の地に肥沃な土地がつづいているので、西の諸国と争う必要はなかった。しかし、戦国末期に、中国統一の気運がうごくと、様相はしだいに変わってきた。大遊説家の蘇秦が、燕にあらわれて燕王を説いたのは紀元前三三四年のことであったといわれている。

秦は各国を撃破し、領土を併呑し、西から燕に迫った。燕の西境はすでに蚕食されている。燕の太子は、暗殺によって、この劣勢に歯どめをかけようとした。

えらばれた刺客の荊軻が易水をこえるとき、

風　蕭　々《しょうしょう》として易水寒し
壮士　一たび去って復《ま》た還らず

と歌ったのは有名なエピソードである。

荊軻は歌い終わると、車に乗って去り、ついにふりむかなかった。

燕の易水から、秦の咸陽までも、ずいぶん遠い。いまでも、早朝、北京駅を出た汽車が、西安に着くのは翌朝になってしまう。

当時の車は、馬にひかせるのだが、各国それぞれ車輪のはばが異なっている。これは、わざわざそうしたのである。戦国末期に、おそらく趙《ちょう》が最初に「胡服騎射」――騎馬戦を採用したのだが、それ以前は戦車によって戦ったものだった。戦車はもちろん、何頭かの馬によって牽《ひ》かせる。他国の戦車が侵攻しないように、車輪のはばを、わざとちがえておく。道路には車輪のあとが、深くえぐられて、レールのようになっている。その轍《わだち》に車輪をしずめて走るのだから、規格外の車は通れない。

荊軻は各地で、車をのりかえて、秦へ行ったにちがいない。咸陽宮での暗殺は失敗に終わり、荊軻は殺されてしまった。かりにこの暗殺が成功したところで、荊軻の命は助かるはずはなかった。

刺客を送りこんだことは、よけい超大国の秦を刺戟し、秦の大軍は燕をめざして進撃した。

将軍は王翦《おうせん》である。燕都は陥ち、燕王は遼東に逃げた。そして、太子丹の首を秦に献上したが、秦の鋭鋒はそれによって鈍ることはない。これはすでに国際政局の力のうごきであって、個人的な怨恨などとは関係がなくなっていたのだ。

遼東は遼河《りようが》の東の地域で、遼東半島を含む。日本ではふつう満州と呼ぶ地方だが、勢いに乗った秦軍は、そこまで追いかけて燕王の喜《き》を捕虜としたのである。周の同族すなわち姫《き》氏の国で、最後にほろびたのはこの燕であった。秦の将軍は王賁《おうほん》にかわっていて、王翦はそのころ江南の地を攻め百越の首長たちを降していた。始皇帝《しこうてい》二十五年（前二二二）のことである。

翌年、王賁は燕から兵を返して斉《せい》を攻《う》ち、斉都の臨淄《りんし》にはいったが、ほとんど抵抗はなかったという。

――徳は三皇を兼ね、功は五帝に過ぐ。

ということで、ここではじめて「皇帝」という名称がうまれ、秦王政《しんおうせい》は始皇帝と名乗ったのである。

旅に病んだ始皇帝

天子は天下を治めるのだが、広大な地域を支配しているため、各地に長官を派遣して治める。日本にも「代官」ということばはあるが、彼らがうまく政治をとりおこなっているか、ときどき巡察しなければならない。それが天子の勤めでもあった。

これを「巡狩《じゅんしゅ》」という。

『孟子《もうし》』には、この巡狩ということばを解説して、

——天子、諸侯に適《ゆ》くを巡狩と曰《い》う。巡狩とは守るところを巡《めぐ》るなり。

と、述べている。狩とは守であるとしたのだが、これは文をたっとび武を軽んじる儒者らしい解釈である。狩はやはり狩猟と解したほうが自然であろう。

古代にあっては、王者のおこなう狩猟は、とりもなおさず、軍事訓練であった。軍事訓練をおこないながら、支配下にある地方をまわったのが「巡狩」であったにちがいない。

『史記』の旅行者のなかで、忘れてはならないのが秦の始皇帝である。彼は天子として、天下を巡狩したのだ。しかも、彼の支配する土地は、歴史はじまって以来、最も広かったのである。また始皇帝自身、旅行が好きであったにちがいない。いくら天子の業務とはいえ、好きでなければ、あのような大旅行ができるはずはない。

斉《せい》をほろぼして天下を併《あわ》せた翌年、すなわち始皇帝二十七年（前二二〇）、彼ははやくも巡狩に出発した。隴西《ろうせい》、北地をまわり、鶏頭山《けいとうざん》に至り、回中《かいちゅう》というところを過ぎたという。隴西は現在の甘粛省《かんしゅくしょう》である。秦はすでに巴蜀《はしょく》の地を領有していたから、この第一回の巡狩は、新しく征服した土地ではなく、早くから秦の版図となっていた地方なのだ。まずもとの縄張りを固めたというところであろうか。

翌二十八年（前二一九）は、新しい領土を巡狩することになった。それも天下統一にあたって、最後になった山東半島方面をえらんだ。このあたりに、秦の始皇帝の自信がうかがえる。鄒《すう》の嶧山《えきざん》に登ったとある。これは冒頭の司馬遷の若い時代の旅のところで述べた「鄒嶧《すうえき》に郷《きょう》射《しゃ》した」地方にほかならない。そこで石碑を立て、自分の功績を彫らせた。始皇帝の巡狩の目的の一つは、自分の偉大な功績を、末代までのこすために、顕徳碑をほうぼうに立てることであった。

そのあと、始皇帝はあの有名な封禅《ほうぜん》の儀式をとりおこなった。司馬遷がそこで郷射の礼を演習したことでもわかるように、そのあたりは礼儀作法の本場だったのである。始皇帝は魯《ろ》の儒生を集めて、封禅の儀式について下問したところ、人によって言うことがまちまちであった。始皇帝はそこで儒生たちを退けて、自己流のやり方で、封禅をおこなったといわれる。いかにも始皇帝らしいといわねばならない。

泰山《たいざん》に登って、始皇帝は石碑を立てた。帰りに風雨がひどくなったので、木陰で休息し、その木に五大夫《ごたいふ》という爵位《しゃくい》を贈っている。いまでも何代目、いや何十代目かの五大夫の松がそこにある。

泰山に立てた石碑の全文は『史記』に引用されている。泰山から下りると、始皇帝は渤海《ぼっかい》にそって東へ行き、成山に登り、さらに芝罘山《しふざん》に登って、おなじように石碑を立てた。つぎに琅《ろう》邪山《やざん》に登ったが、ここで風光をたのしみ、三ヵ月も滞在した。

始皇帝は旅行好きだけではなく、登山もいたって好きだったようである。登山マニアの元祖の観がある。とりわけ琅邪山は彼の気に入ったとみえ、そこに立てた石碑の銘文は、いたって長い。そして、琅邪山の周辺がさびしすぎるとおもったのか、人民三万戸を山麓に強制移住させた。移住させられた人民こそ大きな迷惑だが、始皇帝は彼らに十二年間免税の特典を与えている。

その帰り、彭城《ほうじょう》を経て、湖南の衡山《こうざん》にいたり、南部から長江に舟をうかべ、湘山《しょうざん》の祠《ほこら》まで行った。そのとき暴風が吹き、さんざんな目に遇《あ》ったのである。始皇帝は湘山の神、すなわち聖人舜《しゅん》の妻であった湘君《しょうくん》に腹を立て、囚人三千人を動員して、湘山の木という木をぜんぶ伐りたおした。それから北上し、武関《ぶかん》を経て、みやこ咸陽に帰還したのである。

翌二十九年、始皇帝はまた東にむかって旅立った。河南の博浪沙《はくろうさ》（浪は狼とも書く）で、始皇帝の乗り物に鉄椎《てつつい》を投げた者がいた。狙いはすこしはずれたが、命中しておれば、命のないところであった。これは、じつは韓の遺臣で、のち劉邦の参謀となった張良《ちょうりょう》が、力士を雇って投げさせたものだったのである。この暗殺未遂調査のため、十日間にわたる大捜査がおこなわれたが、けっきょく、犯人はわからずじまいであった。

この年、始皇帝はまた芝罘山に登り、そこに石を立てた。そして、琅邪から上党経由で帰京した。

そのあと二年間は、大旅行はなかったが、始皇帝は微行して咸陽のまちをうろつき、賊に出会って危ないことになった。それにしても、国都のまん中でさえ、こんなに物騒なのに、よくも咸陽を留守にして大旅行ができたものである。

三十二年（前二一五）には、碣石山《けつせきざん》（河北省）へ行った。碣石門に例によって石を立てている。ここは刺客荊軻を送った燕の故地であるから、反秦感情が強かったはずだ。始皇帝はそれをおそれなかったのか、あるいは威光を示して、反秦感情をおし潰そうとしたのかもしれない。

三十七年（前二一〇）は、始皇帝の最後の年である。この年の十月癸丑《きちゆう》の日に、始皇帝は久しぶりに旅に出た。ついでながら、秦の暦は十月が歳首で、九月をもって終わることになっていたから、これは新年早々の出発であった。

咸陽《かんよう》から南して湖北の雲夢《うんぼう》にいたり、さらに南にむかって湖南の九疑山《きゆうぎざん》を望み、そこで舜を祀った。さらに長江に舟をうかべてくだり、銭塘《せんとう》（浙江省《せつこう》）へ行き、会稽山《かいけいざん》に登った。そこに秦の徳をたたえる石を立てたのはいうまでもない。

司馬遷は会稽山で、禹穴をさぐったというが、始皇帝もここで大禹《たいう》を祀ったのである。そこから呉《ご》をすぎ、長江を渡り、彼の愛してやまない琅邪にいたった。北上して芝罘にいたり、海にそって平原津《へいげんしん》というところに来たとき、始皇帝は病気になった。平原津はいまの山東省だが、彼は帰りを急ぎ、七月、丙寅《へいいん》の日、沙丘《さきゆう》の平台《へいだい》というところで死んだ。すでに河北省にはいったところである。

旅好きの始皇帝は、本人の念願するところであったかどうかわからないが、旅で死んだのである。

亡命の旅

秦の始皇帝は、死んだあとも、あの世へ大旅行するつもりでいたらしい。始皇帝陵の近くの兵馬坑《へいばこう》から、おびただしい等身大の武人俑《よう》などが発見され、話題を呼んだのはまだ耳新しいことである。

数千体のこの武人俑は、始皇帝のあの世行きの旅のお供としてつくられたものであろう。生きているときと、おなじような形の旅を、彼は望んでいたにちがいない。

支配地域の視察、徳をたたえる石碑の建立、好きな登山のほか、新領土の住民を威圧するのが目的だから、始皇帝の巡狩は大袈裟きわまるものであったはずだ。

この成功した王者の旅にくらべられるのは、亡命者の旅であろう。その最も代表的なのは、春秋時代、清《しん》の文公重耳《ぶんこうちょうじ》の亡命時代の旅である。

春秋時代の晋は、列国のなかの最強の国であった。あまりにも大きすぎて、戦国時代には韓《かん》・魏《ぎ》・趙《ちょう》の三国に分かれ、「三晋《しん》」と呼ばれることになった。重耳が晋のあるじ献《けん》公の子でありながら、故国を脱出して、亡命の旅をしなければならなかったのは、おきまりのお家騒動によってであった。そこには、これまた例によって、驪姫《りき》という美女が登場する。

重耳は狄《てき》の地に逃がれた。彼の母は狄の女性だったのである。晋は北方塞外《さいがい》民族の狄と境を接し、通婚もしていた。この当時、人種偏見はそんなに強くなかったようである。重耳はそのとき、すでに四十三歳であった。彼は母の国の狄に十二年もいたが、故国で即位した弟の夷吾《いご》が、刺客を送りこんだので、仕方なしに放浪の旅に出た。

重耳は衛《えい》を通ったが、衛の文公《ぶんこう》は彼をつめたくあしらった。五鹿《ごろく》という土地を通ったとき、飢えたので農夫に食を乞うと、農夫は器のなかに土を入れてすすめた。亡命者には、世の中の風はきびしかったのである。

彼はやっと斉《せい》に入り、斉の公女を妻にしておち着いた。重耳は斉でのんびり暮したかったのだが、彼の側近、五賢といわれた趙衰《ちょうし》、狐偃《こえん》、賈佗《かた》、先軫《せんしん》、魏武士《ぎぶし》たちが、どうしても彼をかついで一旗挙げたいので、彼が酔っ払っているときに、車に乗せて斉からはこび出してしまった。

曹《そう》の国を通ったとき、曹の共公《きょう》は重耳に非礼であった。重耳が一枚あばらという珍しい体をしているので、風呂にはいっているとき、その裸をのぞき見したのである。宋《そう》の国では、宋の襄公《じょうこう》が、楚《そ》と戦って負け、負傷していたにもかかわらず、身を寄せた重耳に親切に尽した。鄭《てい》の国では、鄭の文公が重耳を礼遇しなかった。楚の成王《せいおう》は重耳に親切で、彼を丁重に秦に送った。

亡命者の身辺はうらさびしい。こんなときに、人の情けがよくわかる。重耳は秦にはいったあと、亡命十九年でやっと晋に帰ることができた。六十二歳になっていたが、即位して晋の文公となった。

前述したように、晋は超大国であり、重耳はその国のあるじとなり、春秋の覇者の一人にかぞえられる名君となったのである。かつて亡命時代に、自分をつめたくあしらった国に、文公重耳は兵をむけ、衛《えい》を伐ち、五鹿《ごろく》を取り、曹に攻めこんだ。

晋は楚とも対決しなければならなかった。重耳は楚では親切にしてもらっていたのである。彼は楚との戦いでは、三舎《さんしゃ》（一舎は一日の行軍の距離）退いてから戦った。恩があるので、ハンディをつけて、恩返しをしたのである。

——三舎を避く。

という成語は、この故事に由来している。

重耳が鄭を通ったとき、鄭の家老の叔瞻《しゅくせん》が、文公《ぶんこう》に彼を厚遇するようにすすめたのに、文公はそれをききいれなかった。

——諸侯の亡公子（亡命の公子）、此《ここ》を過《す》ぐる者衆《おお》し。安《いず》くんぞ尽《ことごと》く礼《れい》す可《べ》けんや。

と、鄭の文公は言っている。『史記』のこの記述によれば、重耳のような諸侯の公子で、国を出て亡命の放浪の旅をしている者は多かったようだ。どの国でもお家騒動があり、後継者争いがからむと、敗者が出て、それは国を脱出しなければ、命が危ういのである。即位できる公子は一人であり、はじき出される公子のほうが多いのだ。

かりに即位した公子に敵対しなくても、継承権をもつ公子は、その国では謀反の種になりかねない存在とみられがちである。その国にいることが、国主にとって目ざわりであり、本人にとっては、いつ粛清されるかわからない危険がある。

母の国である狄《てき》の地で十二年もすごし、斉《せい》でのんびり暮し、五賢に囲まれて旅をした重耳などは、亡命公子のなかでも恵まれたほうであったといわねばならない。

劉邦の天下への道

『史記』にはあまり出てこないが、諸国を渡り歩いた商人がいたはずである。諸国の物産や文化を交流させた、彼らの功績はけっして小さくない。

中国を統一したのは、秦の始皇帝にちがいないが、統一の素地をつくった、さまざまな要素のなかに、旅をした商人の貢献もあったはずである。

越王句践に仕えた范蠡《はんれい》は、越が呉《ご》をほろぼしたあと、舟にのって斉《せい》へ行き、名前を変えて商人になったという。斉の人は范蠡が賢明であることをきいて、宰相になってほしいと願ったところ、范蠡はそこを去って陶《とう》というところへのがれた。彼の旅のことは、『史記』にはこのていどしか記されていないが、物資の流れをよくしたことなど、当時の士大夫《したいふ》があまり目をつけなかったので、記録されなかったにすぎない。

商人のほかに、強制的に旅をさせられた人たちがいる。戦争があればかり出される兵卒たち、大工事があれば各地から徴用された人夫たちである。亡命公子は、その身分上、国を出るときに、かなりの財物をもち出して、生活の費用にあてたであろうが、兵卒や人夫たちの旅は、それよりもはるかにみじめであったのはいうまでもない。

漢の高祖劉邦は、沛《はい》で亭長という、きわめて低い身分の役人になっていたが、彼の役目の一つは、その土地から徴発された人夫を連れて、咸陽《かんよう》へ行くことであった。ちょうど秦の始皇帝が、酈山《りざん》で自分の巨大な墓をつくっていたときである。そのため、各地から人夫を集めたのだった。

始皇帝の大工事といえば、万里の長城とこの酈山陵の造営である。

――高祖（劉邦）、亭長を以って県の為に徒（人夫）を酈山に送る。徒、多く道より亡《に》ぐ。自ら度《わた》るに、至る比《ころ》、皆、之を亡《のが》れんと。豊西の沢中《たくちゅう》に到り、止《とど》まりて飲す。夜、乃《すなわ》ち送る所の徒を解《と》き縦《はな》ちて曰く、「公等、皆去れ。吾も亦た此より逝《さ》らん」と。徒中の壮士、従わんと願う者十余人あり。

と、『史記』「高祖本紀《こうそほんぎ》」にある。じつは、これこそ劉邦の挙兵といってよい。下役人として、人夫を酈山に届けに行く旅の途中で、連れてきた人夫が一人逃げ、二人逃げして、この調子ではみんな逃げてしまいそうだとわかった。そこで、劉邦は豊西の沢中というところで、もう覚悟をきめて居直り、やけ酒を飲んだのである。

人夫の数をそろえて送り届けないことには、引率者の彼も罰せられるのである。人夫が逃げるなら、自分も逃げてやれ、と彼は決心した。

夜になって、彼は連れてきた人夫を釈放して、勝手に逃げろ、おれも逃げる、と宣言したのである。

こんなふうに、人夫や兵卒の亡命者は、ほうぼうにたくさんいたであろう。なにしろ秦の法律は厳罰主義で、そのきびしさには定評があった。

罰せられるくらいなら、逃げたほうがましだというのは、誰しも考えることであった。すぐあとにおこる陳勝《ちんしょう》・呉広《ごこう》の乱も原因はそこにあったのだ。

兵卒や人夫の逃亡者は、グループをつくらねば危険である。当時のことだから、おなじ逃亡者グループが匪賊《ひぞく》化している。山林を通るときなどには、猛獣もいたであろう。みんなで通ればこわくないのである。

劉邦はいかにも頼もしい親分にみえたので、子分になりたいと願い出る者が十余人いて、彼はここではじめて「家臣」らしい者を従えることになったのだ。

やがて、陳勝・呉広の乱がおこると、沛県の長老たちは、おろおろして、どうしてよいかわからない。

逃亡者となった劉邦は、やはり故郷の近くに根城をつくっていたらしい。


——劉季《りゆうき》（劉邦）の衆、已《すで》に数十百人。


とあるから、その後、だいぶふえていたのである。県の役人の蕭何《しようか》や曹参《そうしん》が、樊噲《はんかい》を使いに立てて、劉邦に相談するということになった。

いろんないきさつがあって、県を挙げて、造反にたちあがることになり、ここで旅をして、ひろい世間を見ている劉邦が頼りになると評価されたのである。彼よりも役職では上であった蕭何や曹参が、部下となることになった。

『史記』のなかには、さまざまな旅がある。どの旅もそれぞれおもしろいのだが、劉邦の旅はとりわけおもしろい。『史記』には明記されていないが、劉邦はこの種の旅行を、なんどかくり返したにちがいない。そして、酈山の工事現場へも行き、諸国から集まった人たちから、さまざまな話をきいたであろう。旅の経験とこの情報量の多さが、劉邦の天下取りの大きな資産となったとおもわれる。

三国志の旅

『三国志演義《さんごくしえんぎ》』(『三国志通俗演義』)は、明代《みん》の長篇歴史小説。作者は羅貫中《らかんちゅう》で、元《げん》の末に生まれ、明の初めに没したとされる小説家。

物語は、後漢《ごかん》末、三国時代の魏《ぎ》の曹操《そうそう》、呉《ご》の孫権《そんけん》、蜀《しょく》の劉備《りゅうび》の三英雄が天下を争う歴史事実をもとに、民衆のあいだで語り伝えられた説話や、講談、多くの戯曲、絵入り本などを集大成し、文学的価値と積極的な社会的意義をもふくませて編集された。

政治は宦官《かんがん》にほしいままにされ、支配者の権威も地に落ち、それに凶作がうちつづき各地に農民暴動が頻発する時代である。そこに善悪のくっきりした人物がいきいきと動きまわり、興亡《こうぼう》する封建統治集団の矛盾や葛藤が浮きぼりにされる。

三国志地図
北京
天津
涿
渤海
蓬莱
青島
黄海
黄
河
済南
琅邪
太原
徐州
淮
水
官渡の戦い
官渡
解良
解州
鄭州
許昌
揚州
合肥
▲紫金山
上海
蘇州
南京
咸陽
洛陽
長安（西安）
巣湖
太湖
新野
魏
樊城
✕五丈原
樊襄
三顧の礼
長
杭州
孔明五丈原の死
隆中
襄陽
会稽
漢中
江
銭
塘
江
九江
▲定軍山
宜昌
武漢
鄱陽湖
●桟道白水
白帝城
江陵
沙市
✕赤壁
▲
廬
山
奉節
巴東
岳陽
呉
▲青城山
岳陽楼
赤壁の戦い
成都
蜀
洞庭湖
峨眉山▲
劉備の
白帝城の
戦死
重慶
長沙
大理
昆明

三帝の故郷

『三国志』は中国全土を舞台に展開されたので、「三国志の旅」といえば、全中国にまたがることになる。そればかりではない。呉《ご》の黄龍二年（二三〇）、孫権《そんけん》は将軍衛温《えいおん》、諸葛直《しょかつちょく》に甲士（武装兵）一万を授《さず》け、海に浮かんで夷洲《いしゅう》と亶洲《たんしゅう》とを求めさせた。この夷洲と亶洲とがどこであるか、諸説紛々《ふんぷん》である。亶洲は秦の始皇帝が徐福《じょふく》を派遣した土地となっているから、それなら日本に相当するようにおもわれる。もっとも呉の将軍は亶洲は遠すぎて行き着かず、夷洲にのみ到達した。夷洲は琉球《りゅうきゅう》かもしれないし、台湾《たいわん》であったかもしれない。

呉の渡海遠征の目的は、その地の住民を連行してくることにあった。戦乱のためであろう、呉は人口不足に悩まされていたようだ。呉の渡海は失敗したが、その九年後、日本のほうから倭《わ》の女王の卑弥呼《ひみこ》が魏《ぎ》に使節を送っている。この記事は、ふつう魏志倭人伝《ぎしわじんでん》と呼ばれる文献に載っているが、それは正式には、『三国志』倭書東夷伝のなかの倭人の項と呼ぶべきである。

三国志の世界は、こんなふうに日本にまでひろがり、中国ではあらゆるところが三国志の舞台であったのだ。

物語化された三国志は、劉備《りゆうび》の蜀漢《しよくかん》を正統としているが、正史の三国志では、曹操《そうそう》の魏《ぎ》を正統としている。著書の陳寿《ちんじゆ》は晋《しん》の人だが、晋は魏のあとをついだ王朝なので、魏が正統でなければばならない。正史の三国志では、魏の曹操が死んだときは「崩《ほう》」と書き、蜀漢の劉備が死んだときは「殂《そ》」と書き、呉の孫権の死は「薨《こう》」と書き分けている。

編年史の『資治通鑑《しじつがん》』は、統一された天下を支配した帝王の死を「崩」、分裂していた天下を支配した帝王の死を「殂」、諸侯の死を「薨」と書く原則をもっていた。『資治通鑑』では、曹操、劉備、孫権の死は、みなおなじ「殂」を用いている。三人とも分裂天下の帝王とみなしたのだ。

この三人の戸籍しらべをしてみよう。

曹操は沛国譙県《はいしよう》の出身である。漢の高祖劉邦の出身が沛であるが、郡国制の漢では沛が国となり、その範囲がひろがった。劉邦の故郷の沛県も、生い育った豊県も、沛国の一部であり、譙県は現在の安徽《あんき》省亳《はく》県のあたりとされている。後漢《ごかん》の沛国は、いまの行政区画でいえば、江《こう》蘇《そ》・山東・河南・安徽の四省に、すこしずつまたがっていたことになる。いまもそうだが、後漢時代には、沛は豫州《よしゅう》に属したけれども、徐州《じょしゅう》と兗州《えんしゅう》との州境にあった。さらにその前、戦国期には、このあたりは楚《そ》と斉《せい》、宋《そう》、韓《かん》などとの国境にあった。くわしい記録はないけれども、おそらく戦国時代の沛は、ときには楚に属し、ときには斉に属したりしていたのであろう。そのような政治的に複雑な土地に育った人は、したたかであり、生まれながらの政治家であるともいわれている。沛近辺から漢の高祖劉邦、魏の武帝《ぶてい》曹操が出たのは、偶然ではないかもしれない。

蜀漢の劉備は、涿《たく》郡涿県の出身であった。当時は幽州《ゆうしゅう》に属したが、現在の河北省で北京市の西南にあたる。いまも同名の涿県があり、北京原人の化石が出たことで有名な周口店は、そのすぐそばにある。戦国の末期、燕の太子に頼まれて、始皇帝の暗殺にむかった荊軻が、

風　蕭々《しょうしょう》として易水《えきすい》寒し
壮士　一たび去って復《ま》た還らず

と歌った易水は、涿県のすぐ南を流れている。

三国志には、劉備は漢の景帝《けいてい》の子であった中山王《ちゅうざんおう》劉勝《りゅうしょう》の後裔としている。

涿県の南方から保定市《ほてい》にかけて、戦国時代に白狄《はくてき》という塞外部族が、中山国《ちゅうざん》を建てていた。白狄の中山国は趙《ちょう》にほろぼされたが、最近、その時代の王墓が発見されて話題となり、その文物は日本でも展示された。

漢代にはその中山国に漢の皇族が王として立てられたのである。『漢書《かんじょ》』には、中山国には十四県あり、漢初は郡で、景帝《けいてい》のときに国となったとある。景帝は男の子だけで十四人という子沢山だったので、皇太子（のちの武帝）以外の十三人を諸国の王に立てた。武帝の庶兄にあたる劉勝《りゅうしょう》が中山王となり、じつはその墓も一九六八年に発見されている。場所は満城というところで、遺体（すでに骨灰となっていた）が金縷玉衣《きんるぎょくい》に覆われていた。私はこの劉勝の金縷玉衣を、北京の故宮《こきゅう》博物院で見たことがある。『漢書』にはこの人物のことを、

――勝、人と為《な》り酒を楽しみ、内（妻妾のこと）を好み、子百二十余人有り。

としている。父親の十四人どころではない。ずいぶん子供をつくって、紀元前一一二年に死んだ。

その後裔と称する劉備が生まれたのは紀元一六一年だから、始祖劉勝の死からすでに二百七

十三年たっている。百二十余人の子はそのころどれだけふえたかわからない。たとえば、最近の清朝でも、王朝創建から二百余年たつと、宗室の数が二万を越え、その俸禄で財政が苦しくなったといわれている。

劉備が漢の皇帝ゆかりの者だといっても、このていどの関係で、父が死んだので、履物《はきもの》を売ったり、蓆《むしろ》を織って、その暮らしはいたって貧しかった。

関羽《かんう》とともに劉備の側近となった張飛《ちょうひ》は、劉備とおなじ涿県の出身であった。関羽は河東郡《かとう》解《かい》県の出身であり、現在の山西省の臨晋《りんしん》県に近い。そばに解池《かいち》という池があり、そこに産する塩は、解塩《かいえん》といって、産量も多く、良質であることで知られていた。『三国志』には、関羽のことを、

――亡命して涿郡に奔《はし》る。

とあり、涿郡に来て劉備と知り合ったことになっている。けれども、関羽がなぜ亡命したかについては、なにも述べていない。

漢代の塩は政府の専売品であり、その密売はきびしく処罰された。関羽の亡命は、塩の密売

と関係があったのではないかと推理する史家もいる。

呉の孫堅《そんけん》、孫策《そんさく》、孫権《そんけん》は呉郡富春《ふしゅん》の人であった。浙江《せっこう》省杭州《こうしゅう》市の西南約三十キロに富陽《ふよう》県があり、そこがもとの富春である。晋《しん》の鄭太后《ていたいこう》の諱《いみな》が春であったので、春を陽に攻めたものだった。そばを流れる川の名は、いまも富春江と呼ばれ、杭州市のあたりで銭塘江《せんとうこう》となり、杭州湾にそそぐ。

『三国志』には、兵法書『孫子《そんし》』の著書である孫武《そんぶ》の末裔《まつえい》となっている。春秋時代の呉越《ごえつ》の地であり、黄河《こうが》文明とはすこし異なった風格をもつ文明の地であった。孫権は碧眼児《へきがんじ》というニックネームがあり、生まれつき頤《あご》が角ばって、口が大きく、眼光するどかったという。異相の人物であったのだ。

呉の孫一家の故郷は風光明媚の水郷であった。三国のなかで呉がとくに目立っていたのは、水軍が強かったことである。人口過疎に悩むと、海外から人を連行しようと発想するのは、水郷に育ったからであろう。

関羽の怨霊

三国志の物語は、後漢《ごかん》末からはじまる。後漢の国都は洛陽《らくよう》なので、この古都が重要な舞台となる。

時代は、仏教が西域人によって、ようやく漢土に伝えられたころだった。伝えられたといっても、漢に在留したり、交易で往来する西域人が信仰したのであり、漢人はただそれを物珍しげに見ていたていどとおもわれる。

三国志の時代の洛陽にも仏教寺院はあった。

中国最初の仏教寺院は、洛陽の白馬寺《はくばじ》であるといわれている。後漢の明帝《めいてい》が夢に黄金色の神人をみて、夢占いの結果、西方の胡神《こしん》であることがわかった。そこで使者を派遣して、胡神の法（仏教）を求めさせ、経文や天竺《てんじく》僧をともなって洛陽に帰ったあと、白馬寺を建立したという。これが永平十年（六七）ごろと伝えられている。

それは正式の渡来だが、西域人の往来はもっと早いのだから、仏教信者はそれ以前にもいたわけだ。

『洛陽伽藍記《がらんき》』など古い文献によれば、白馬寺は洛陽の西陽門外三里の御道《ぎょどう》（天子行幸《ぎょうこう》のための道路）にあったとなっている。

この白馬寺は、創建当時のすがたや規模ではないが、現在もほぼおなじ場所に残っている。ただし、現在の洛陽市外の東北にある。白馬寺が移転したのではなく、まちのほうが移転したのだ。この移転は隋《ずい》の煬帝《ようだい》のころなので、七世紀初頭にあたる。白馬寺の東にあった古い洛陽が、白馬をまたぐようにして、その西に引っ越したのである。

現在の洛陽市は、市区の人口五十万、郊外区の人口三十万で、約八十万の中型都市となり、トラクター工場で有名であるそうだ。

白馬寺は北魏《ほくぎ》末――六世紀半ばの動乱で荒廃したのを、隋唐《ずいとう》のころに修復したという。現在の白馬寺は、十六世紀、明《みん》の嘉靖《かせい》年間の大修理の規模に従っている。清《しん》代に一度、そして一九六一年と、その後も大きな改修がおこなわれた。したがって、現在の白馬寺から、三国時代の面影はうかがわれないかもしれないが、その地点はまぎれもなくいにしえの白馬寺のあったところだ。

古い塔があり、ある地点に立ち、塔に向かってかしわ手を打てば、蛙《かえる》が鳴くような共鳴音がきこえる。その塔は三国時代のものではないが、寺の外にあるところから、まだ伽藍《がらん》の規模が大きかった唐代のものであろうといわれている。

三国時代の白馬寺は、やはり西域人の信仰の中心であったはずだ。中国人が仏教に関心をもつのは、三国の動乱で、世の無常を骨身にしみて味わったのが契機となったとおもわれる。三国志の物語は、中国仏教史とも深いかかわりをもつといわねばならない。

後漢末の動乱のさまざまな原因のなかに、宮廷の権力闘争が挙げられる。洛陽の宮廷を舞台に、陰謀がくりひろげられ、あげくのはては、宦官《かんがん》がみな殺しにされるという悲惨な一場もあった。

この事件のあと、西から洛陽にはいって権力を掌握した董卓《とうたく》は、皇帝を廃して、皇弟を立てた。これが、後漢最後の皇帝となった献帝《けんてい》である。さらに彼は長安への遷都をおこなった。洛陽には彼の敵が多い。陝西《せんせい》、甘粛《かんしゅく》は董卓の本拠地であり、二十万の大軍が彼の支配下にあった。だから、長安に遷都すれば、自分の政権が安泰であろうとおもったのだ。廷臣《ていしん》は洛陽に恋々《れんれん》としている。その恋着を断つために、董卓は洛陽に火を放った。そして、住民を強制移住させたのである。その数は百万、あるいは数百万ともいう。洛陽から長安まで五百キロもある。

多くの人は途中で死んだといわれている。このとき、洛陽はいったんほろびたのだ。

――二百里内、室屋蕩尽《しつおくとうじん》し、鶏犬すら無し。

と、史書は形容している。鶏や犬さえいなくなったのだから、全滅といってよい。長安遷都後、董卓は部下の呂布《りょふ》に殺され、呂布は出奔し、あとの長安では混戦状態がつづいた。長安遷都は一九〇年で、献帝が長安を脱出したのは一九六年であった。後漢皇帝が長安にいたのは六年間にすぎない。

献帝をはじめ、廷臣たちが洛陽に復帰することを希《ねが》ったのはとうぜんであろう。しかし、荒廃して瓦礫《がれき》の原となった洛陽は、一から町づくりをしなければならなかった。曹操はこのとき、許《きょ》というところで献帝を迎えたが、それが彼の大きな政治上の実績となったのである。

洛陽には三国志の重要な遺跡が一つある。

それは関帝廟《かんていびょう》なのだ。関帝廟は中国全土あらゆるところにあるが、最初の関帝廟は洛陽のそれであるといわれている。

建安二十四年（二一九）、関羽《かんう》は樊城《はんじょう》に曹仁《そうじん》を囲んだ。呉の孫権は魏と同盟し、呂蒙《りょもう》に軍を授けて、関羽を攻めさせた。この戦いで関羽は敗れ、とらわれて斬《き》られたのである。そして、関羽の首級《しゆきゆう》は洛陽にいた曹操のもとに送られた。

関羽を攻めほろぼした呉の大将の呂蒙は、この戦勝の直後に死んでいる。そして、副将の孫《そん》皎《こう》も死んだ。六十五歳の曹操も、関羽の首級を得た直後に死んだ。

曹操は当時としては高齢であったし、呂蒙もかねてから宿痾《しゆくあ》をもっていた。意外な死といえば孫皎のそれだけであろう。だが、人びとはこの連続死を、関羽の怨霊の祟《たた》りであると考えたのである。

講談本の『三国志演義』では、呂蒙が関羽の怨霊にとりつかれて、悶死《もんし》するさまが描写されている。太宰府《だざいふ》に流されて死んだ菅原道真《すがわらのみちざね》が、天神《てんじん》さんとして祀《まつ》られたように、恨みを抱いて死んだ人の怨霊は人に祟るので、霊しずめのために祀られる。

帝王でもない関羽が、関帝という名称をもつ廟に祀られるのは異例のことといわねばならない。だが、前記の三人の死が、当時の人たちをふるえあがらせたことは想像できる。

曹操は諸侯の礼によって関羽を葬ったという。その首級を埋葬したのが、洛陽の関帝廟であるとされていて、いまも、「関羽の首級はここに埋められている」と言い伝えられているのだ。

洛陽の関帝廟では、月に三回、市《いち》が立つ。陰暦の三の日（三日、十三日、二十三日）で、私は一九八〇年五月七日、洛陽から龍門の石窟寺へむかう途中、たいへんな人出を見たので案内の人に訊《き》いたところ、その日は陰暦三月二十三日で、市の立つ日だと説明された。

赤壁の曹操

三国志のなかで、古戦場として古くから知られているのは、赤壁《せきへき》と五丈原《ごじようげん》であろう。

赤壁では、孫権と劉備の連合軍が、曹操を敗走させた。二〇八年のことである。連合軍といっても、主役は孫権であった。水戦であるから、孫権の独壇場といえた。孫権の部下で美男子の噂の高い周瑜《しゆうゆ》が、この戦いの指揮官だったのである。

黄蓋《こうがい》という者が、投降するふりをして、曹操の兵船団に近づき、油をかけた枯草や柴を積んだ火攻船を放った。曹操の兵船団は、船をつなぎ合わせていたので、脱出することができなかったといわれている。

『三国志演義』では、諸葛孔明《しよかつこうめい》が、七星壇《しちせいだん》なるものを築いて天を祀《まつ》り、風を呼んで、火攻を成功にみちびいたとなっている。

兵船団を焼かれて、曹操は兵を退いた。だが、火攻を受けたことのほかに、軍中に悪疫が流行したことも、撤兵の大きな理由であるとされている。

赤壁の敗戦直後、曹操は本拠地の鄴《ぎょう》で、銅雀台《どうじゃくだい》という壮麗な大宮殿を造営した。財政的にはじゅうぶんなゆとりがあったのだろう。この宮殿は、文献には高さ六十七丈とみえる。後漢の一丈は二・三メートルにすぎないが、それでも百五十メートルを超える巨大な宮殿である。最上層には、百二十の部屋があったという。

『三国志演義』は、蜀漢劉備を正統とする立場で語られるので、赤壁の勝利は、じっさいよりも誇張されている。完膚なきまでにたたきのめされたにしては、すぐに銅雀台が建つところがおかしい。

赤壁は宋《そう》の詩人蘇東坡《そとうば》の「赤壁の賦《ふ》」によっても知られている。


——其の荊州《けいしゅう》を破り、江陵《こうりょう》を下し、流れに順《そ》いて東するや、舳艫《じくろ》千里、旌旗《せいき》空を蔽《おお》う。


……

蘇東坡は二度赤壁に遊び、二度とも賦をつくった。けれども、彼が訪ねたところは、三国志の赤壁ではないというのが定説である。

旅行すればわかるが、湖南や湖北には赤い土が多い。河川のそばの崖で、土が露出しているようなところは、すぐに赤壁と名づけられたであろう。赤壁と呼ばれる場所はいくつもあり、蘇東坡が訪ねたのは湖北省黄岡《こうこう》県城の外にあり、一名を赤鼻磯《せきびき》という。

火攻の水戦があった赤壁は、湖北省嘉魚《かぎょ》県にあり、湖南の岳陽《がくよう》と湖北の武昌《ぶしょう》との、ちょうど中間あたりに相当する。現在の行政区画でいえば、湖北と湖南との省境ぎりぎりの湖北側に位置している。

長江の東岸であり、かたわらの湖は黄蓋湖と地図にしるされている。長江の対岸には、洪湖《こうこ》と呼ばれる大きな湖がある。長江やその支流、湖沼など、どこへ行っても水があり、水郷と呼ばれるのもとうぜんであろう。このような地形での戦いは、水に慣れた孫権軍のほうが有利であったのはいうまでもない。

晩唐の詩人杜牧《とぼく》（八〇三―八五三）にも、赤壁をうたった詩があって、ながいあいだ人びとに愛誦《あいしょう》されてきた。

　折戟《せつげき》（折れたほこ）沙《すな》に沈《しず》んで鉄未だ銷《しょう》（すりへること）せず
　自《みずか》ら磨洗《ません》（水洗いして磨く）を将《も》って前朝を認む

東風、周郎が与《ため》に便ならずんば
銅雀《どうじゃく》、春深くして二喬《にきょう》を鎖《とざ》さん

いない。

杜牧は湖北黄州《こうしゅう》の長官をつとめたこともあり、赤壁の地に遊んでつくった詩であるにちが

周郎とは呉の将軍周瑜《しゅうゆ》のことである。荊州《けいしゅう》の橋玄《きょうげん》という人に二人の娘があり、ともに絶世の美女であった。その姉を孫策《そんさく》（孫権の兄）、その妹を周瑜が妻とした。世人は二橋と呼んで美女の代名詞にしたが、いつかは橋が喬と誤り伝えられたようだ。

あのとき、火攻めの東風が、周瑜に都合よく吹いたが、もしそうでなければ、曹操が力にまかせて勝ったにちがいない。そうすれば、曹操は二橋を奪って凱旋し、両美女を銅雀台に置いただろうという意味である。

杜牧がこの詩をつくったとき、赤壁の戦いから六百年近くたっているので、当時の武器がさびてもいないというのは不自然かもしれない。けれども、三国志でよく話にきく赤壁の戦いの古戦場の砂のなかから、折れた戟が出てくるというのは、読者の意表をつく、詩人の発想であろう。

二喬の父の橋玄は、無名時代の曹操に会って、「これまで、ずいぶんおおぜいの人を見たが、あなたほどすぐれた人物に会ったことはない。私は年老いました。あなたに妻子をみてもらおうとおもう」と言った話が、『魏書』にみえる。あの両美女は、本来ならおれのもの、と曹操は考えていたかもしれない。戦いに勝てば、おそらく曹操は二喬を奪ったであろう。

当時、勝者が敗者の美女を奪うのはよくあったことなのだ。曹操の長男曹丕《そうひ》（のちの魏の文帝）は、袁紹《えんしょう》の次男袁熙《えんき》の妻の甄《けん》氏を奪っている。あの関羽でさえ、呂布の妻が美人だときくと、呂布を下邳《かひ》城に囲み、勝ったあかつきにはその女をもらいたい、と曹操に願い出ている。呂布を包囲した戦いは曹操と劉備の連合軍だが、盟主は曹操だった。この話にはまだ先がある。関羽からそんな願いが出ていたので、曹操は呂布の妻がよほど美しいのだと思い、先に迎えをやって自分のものにしたというのだ。

赤壁の敗戦が、曹操にとって致命傷とならなかったのは、その八年前の建安五年（二〇〇）に、官渡《かんと》の戦いで、袁紹を破り、中原《ちゅうげん》に背後を狙う強敵がいなくなったからであろう。官渡は開封《かいほう》と鄭州《ていしゅう》との中間にある、読んで字のとおり、官が設けた黄河《こうが》の渡し場である。現在の中牟《ちゅうぼう》県にあたる。

官渡の戦いは、寝返りによって曹操が勝った。部下に寝返られたのは、主君の人徳に問題があるからだろう。開戦直前に寝返った張郃《ちょうこう》は曹操の有力部下として活躍した。官渡の戦いの二十八年後、魏軍を率いた張郃は、甘粛《かんしゅく》の街亭《がいてい》で蜀《しょく》軍を率いる馬謖《ばしょく》を大破した。諸葛孔明が、敗戦責任者（命令どおりにしなかった）の馬謖を泣いて斬ったのはこのときである。

杜牧の詩で最も有名なのは、「江南の春」であるかもしれない。

千里　鶯《うぐいす》啼いて緑《みどり》紅《くれない》に映《えい》ず
水村山郭　酒旗の風
南朝四百八十寺
多少の楼台　煙雨の中《うち》

南北朝時代の南方の政権を南朝というが、ほかに六朝《りくちょう》という呼び方もある。六朝とはいまの南京を国都とした六つの政権のことで、呉《ご》、東晋《とうしん》、宋《そう》、斉《せい》、梁《りょう》、陳《ちん》の順序なのだ。呉は孫権の時代に帝と称して、諸侯クラスから天子になった。

六朝の呼び名のように、つぎつぎと政権が変わった。南京に国都を置く政権は短命であるというジンクスがある。明《みん》は建国当初、ここを国都としたが、すぐに北京に遷都した。清《しん》末の太《たい》平天国《へいてんごく》も、ここを天京と改名して国都としたが十余年の短命であった。国民政府もおなじである。

南京は要害の地で、あまりにも地形が守るのに適しているので、油断してしまうせいかもしれない。

南朝といえば、杜牧の詩のように、すぐに仏教寺院が連想される。呉の孫権は、碧眼児の異名のある暴れん坊だったが、南方から海路で渡来した康僧会《こうそうえ》について仏教の信者となり、建初寺という寺を建立した。これが四百八十寺のはじまりであろう。

劉備に徐州を譲った陶謙《とうけん》の幕僚に笮融《さくゆう》という幕僚がいた。もともと運送業者で、陶謙の経済面を支えていた人物であろう。徐州が不穏になると、彼は数万の群衆を率いて南下し、歓待してくれた広陵《こうりょう》の太守を殺し、秣陵《まつりょう》の長官のもとに身を寄せたが、やがてその長官も殺してしまった。乱世とはいえ、笮融はまことにけしからぬ人物であった。その彼が仏教信者であり、民間で寺院を建てた最初の人ではないかといわれている。

正史の『三国志』には、彼の建てた寺は三千余人を収容できるとある。また黄金を塗った銅仏を彫造したこともものっている。『後漢書《ごかんじょ》』には、彼が民衆に食を施したことも述べられている。

大月氏人の支謙《しけん》は、後漢末の動乱で、洛陽から南下して、孫権の庇護を受けた。おそらく董卓が洛陽を焼き払ったとき、長安へ行かずに、南へむかったのであろう。孫権のもとで、支謙は仏典の漢訳につとめた。『維摩詰経《ゆいまきつきよう》』などがそのおもな訳業であった。

三国時代、江南の地には、仏教のにおいがしだいに濃厚となる。

劉備と白帝城

三国志後半のヒーローは、諸葛孔明であろう。後漢最後の皇帝献帝とおなじ年、一八一年の生まれであった。出身は瑯邪《ろうや》郡陽都《ようと》（山東省沂水《ぎすい》県）である。早く孤児となり、叔父の諸葛玄《げん》に引きとられた。

予章《よしょう》郡の太守が病没すると、諸葛玄は劉　表《りゅうひょう》によってその後任に指名された。すでに群雄割拠の時代で、有力者がこのように勝手に任命するようになっていた。劉表は諸葛玄を任命したが、もう一人の有力者の曹操が朱皓《しゅこう》という人物を同じポストに任命したのである。

二人の予章郡太守の争いとなり、例の忘恩の仏教信者笮融も朱皓側について出兵したので、諸葛玄は敗れて死んだ。予章郡というのは、現在の江西《こうせい》省南　昌《なんしょう》市のあたりである。十七歳の少年諸葛孔明は頼りの叔父を失い、湖北の襄陽《じょうよう》へ行き、そこで勉学を続けた。十年後、劉備は三顧《さんこ》の礼を尽して、諸葛孔明を幕僚に加えることになった。

当時、劉備は劉表のところに身を寄せていた。だが、もちろん自立を考えていた。自立するには、関羽、張飛、趙雲《ちょううん》などのような野戦の猛将だけではなく、智謀の士がほしいのである。劉備陣営はそれを欠いていたので、どうしても諸葛孔明がほしかった。

諸葛孔明が劉備に天下三分の計を説いたのは、あまりにも有名な話である。

天下三分の計のためには、劉備の勢力圏は狭すぎる。こうして、巴蜀《はしょく》（四川省《しせん》）への進出が計画されたのである。

劉備の政権が蜀漢《しょくかん》と称されるのは、蜀に根拠地を置いたからなので、蜀の中心地は、いうまでもなく成都《せいと》であった。

三国志の物語は、蜀漢を柱にして語られるのがふつうなので、四川には三国志の遺跡がずいぶん多い。

巴蜀、すなわち四川は、むかしから「天府《てんぷ》の国」といわれている。物産豊富で、土地は肥沃であった。

戦国時代、七雄といわれる七大国のなかで、最後まで勝ち抜いて、天下を統一したのは、秦であったのはいうまでもない。秦が天下統一の力をつけたのは、巴蜀の地を得たのが最も大きな原因であろう。

秦は巴蜀を占領しただけではなく、それを開拓したのである。水路をひらいて、灌漑と水運とを便利にした。秦の天下統一の前に、立ちはだかった最強の相手は、南方の楚《そ》であった。ところが、四川をおさえたあと、秦は楚をおそれなくなった。なぜなら、長江の上流に位置したからである。軍隊、武器、食糧を送るにも、上流から下流へむかうのはじつにらくであった。楚は歯がみして悔しがった。屈原の憂国の詩も生まれた。だが、巴蜀を占拠されては、楚は不利な立場に立たされてしまい、どうすることもできなかった。

漢の高祖劉邦も、秦をたおしたあと、漢中の王となり、巴蜀を領したことで、めきめきと力をつけ、ついには項羽を圧倒して、天下を取ることができた。

諸葛孔明の天下三分の計は、劉備の巴蜀領有によって、ようやくその第一段階に達したといえよう。

もちろん巴蜀にとじこもるつもりではない。荊州《けいしゅう》では関羽が兵をうごかしていた。けれども、関羽は呂蒙《りょもう》の呉軍によって、あえない最期をとげた。

関羽の死後、曹操も死に、曹操の子曹丕は、献帝から禅譲を受けるという形で、皇帝の座についた。後漢がほろび、魏がそれにとってかわったのである。これが西暦二二〇年のことで、その翌年、劉備も皇帝と称した。そして、諸葛孔明は丞相《じょうしょう》となった。

帝位についた劉備が、まっ先にやろうとしたのは、報復戦争であった。関羽を殺した呉にたいして懲罰をおこなわねばならない。だが、建国早々のことで、まだ国内は整備されていないのである。呉への遠征は時期尚早といわねばならない。

諸葛孔明は遠征に反対であったが、劉備と関羽の関係をよく知っている彼は、そんなに強く反対意見を述べることができなかった。劉備、関羽、張飛の三人は、形は君臣だが、義兄弟でもあった。

三国志の物語は、たいていこの三人が、涿県の桃園で、義兄弟の盟《ちかい》を結ぶところからはじまる。いくたびの戦争、流離を経たあとも、それはかわらなかった。

このことも三国志の魅力の一つというべきであろう。『水滸伝《すいこでん》』にしても、梁山泊《りょうざんぱく》の百八人の豪傑は、義兄弟の関係である。中国人は、物語を読んだり聴《き》いたりするとき、君臣関係よりも、友情関係に重点を置き、それをよろこぶようである。

折も折、もう一人の義弟であった張飛が部下に殺された。直情径行の張飛は、部下を罰することがきびしく、それによって恨みを買っていたのだ。劉備は冷静な心を失ったようである。無謀な報復戦争を仕掛け、夷陵《いりょう》で大敗して兵を永安《えいあん》に退かねばならなかった。

夷陵は現在の湖北省宜昌《ぎしょう》市である。古くから巴蜀への入口といわれていた。四川から長江にそってくだる、いわゆる「三峡下り《さんきょう》」の東出口にあたる。

長江は宜昌から川はばがひろくなる。現在でも、この地は長江運輸の積み換え地点となっている。ここから下流へは大きな船が利用できるのだ。

劉備がこの夷陵を破れば、あとはらくになる。呉にすれば、ここは死守すべき地点であった。呉の将軍は陸遜《りくそん》であった。三峡下りの蜀軍にたいして、彼はほとんど抵抗せずに、夷陵で勝敗を決しようとしたのである。進攻する蜀軍は、途中で柵をつくり、数十の基地を設け、守備兵を残さねばならなかった。

夷陵では、呉はお家芸ともいうべき火攻戦法を用いた。報復戦争という、感情的な出兵では、冷徹な作戦はとれなかったのかもしれない。長江を舞台とする土地も、呉には我が家の庭のようなものであった。

敗走した劉備は白帝城《はくてい》にはいった。永安という地名は、そのときに改名したものだった。

長江をくだるとき、三峡はそのハイライトといってよい。三峡とは上流から下流へ、

瞿塘峡《くとう》

巫峡《ふ》

西陵峡（黄牛峡）

とならんでいる難所である。難所であると同時に、その景観が奇異であることによっても世に名高い。

白帝城は瞿塘峡《くとう》の北岸にあった。

前漢末の動乱時代、この地方に公孫述《こうそんじゅつ》という人間がいて、皇帝と自称していた。後漢の光《こう》武帝《ぶてい》が王朝をひらいたあとも、隴《ろう》に拠った隗囂《かいごう》とともに、蜀《しょく》に拠ってしばらく独立政権を維持したものである。

光武帝はまず隗囂をたおしたあと、

――隴《ろう》を得て蜀《しょく》を望む。

と言って、公孫述を討伐した話はよく知られている。その公孫述の宮殿の井戸から、白龍が出たので、ここを白帝城と名づけたのである。

劉備はここへ退却して、「永久に安かれ」と願って改名したのだ。だが、彼はその永安で病気になった。死ぬ前に、彼は丞相諸葛孔明を呼び、

——我が子が補佐に価するなら補佐してもらいたい。だが、帝王の才がなければ、きみがとってかわれ。

という意味の遺嘱《いしょく》をした。

『唐詩選』に李白《りはく》の「早《はや》く白帝城を発す」と題する七言絶句が収録されている。

朝《あした》に白帝を辞す　彩雲《さいうん》の間
千里の江陵《こうりよう》　一日《いちじつ》に還《かえ》る
両岸の猿声《えんせい》　啼《な》いて住《とど》まらず
軽舟已《けいしゅうすで》に過ぐ　万重《ばんちよう》の山

こんなふうに、白帝城から下流にくだるのは、ひじょうに速い。けれども、反対に三峡を下流から上流へさかのぼるのは、きわめて遅い。水流が急なのだ。おなじ李白に、「三峡を上る」という五言律詩がある。

巫山《ふざん》　青天を夾《はさ》み
巴水《はすい》　流れて茲《かく》の若《ごと》し
巴水　忽ち尽《つく》す可《べ》し
青天　到る時無し
三朝　黄牛《こうぎゅう》（山名）を上り
三暮　行くこと太《はなは》だ遅し
三朝　又た三暮
覚《おぼ》えず　鬢糸《びんいと》を成すを

鬢糸を成すとは、白い糸のようになることで、三峡をさかのぼる苦労で白髪がふえるというのである。

両岸の山は、江面からまっすぐに切り立ったものが多い。それがときには狭く、ときにはひろがる。水流が急であるだけではなく、暗礁《あんしょう》も多くて、きわめて危険であった。現在、航路を阻害する暗礁は、ダイナマイトで爆破され、三峡下りも上りも、じつにらくになり、そして安全である。何千トンという船が航行して、当時とはまるでようすが異なる。ただ変わらないのは、三峡のみごとな景観であり、旅行者をたのしませてくれる。
杜甫《とほ》に「瞿塘《くとう》両崖」と題する五言律詩がある。

三峡　何《いず》れの処をか伝《つた》うる
双崖　此の門を壮《そう》とす
天に入るも猶《な》お石色《せきしょく》
水を穿《うが》ちて忽ち雲根《うんこん》（石のこと）
猱玃《どうかく》（巨大な猿）鬚髯《しゅぜん》古く
蛟龍《こうりゅう》　窟宅《くつたく》（いわやの住居）尊し
羲和《ぎわ》（神話の太陽の御者）冬に馭《ぎょ》して近づく
愁《うれ》え畏る　日車の翻《ひるが》えらんことを

蜀《しょく》に避難した杜甫は、三峡を通ったことがある。彼の秋興《しゅうきょう》八首は、そのような旅においてつくられた。つぎの一首は、『唐詩選』にも採られていて、日本の読者にもなじみ深いものである。

玉露　凋傷《ちょうしょう》す楓樹の林
巫山《ふざん》　巫峡、気は蕭森《しょうしん》たり
江間の波浪は天を兼ねて湧き
塞上の風雲は地に接して陰《くも》る
叢菊《そうきく》　両《ふた》たび開く他日の涙
孤舟　一《いっ》に繫《つな》ぐ故園の心
寒衣　処々《しょしょ》　刀尺《とうしゃく》（裁縫のこと）を催《うなが》し
白帝城《はくていじょう》高くして暮砧《ぼちん》（夕方のきぬた）急なり

詩のなかには、じかに言及されていないが、白帝城ということばが出れば、詩人はかならず劉備の死や、諸葛孔明への遺嘱を連想しているはずなのだ。

上流から攻めるのはよいが、上流へ退却するのはたいへんであっただろう。出陣のときに、将軍の黄権《こうけん》も退くことの困難を言ったが、復讐の念に燃える劉備は聞く耳をもたなかったのである。

丞相の祠堂《しどう》

劉備の柩《ひつぎ》を守って成都《せいと》に戻った諸葛孔明は、領内の南夷の反乱を平定したり、呉との友好関係を回復したりして来たるべき北伐《ほくばつ》の準備を整えた。

蜀漢としては、後漢を簒奪《さんだつ》した魏こそ真の敵であって、呉との関係を修復するのも、魏との戦いのためであった。けれども、第一回の北伐は、馬謖の命令違反によって、街亭で張郃軍に大敗を喫した。孔明が泣いて馬謖を斬ったことはすでに述べた。

三年後には、祁山《きざん》に出兵し、司馬仲達《しばちゆうたつ》を破り、張郃を殺して、街亭の仇《かたき》を報じた。

さらにその三年後、諸葛孔明は病をおして北伐軍を率い、司馬仲達と戦ったが、五丈原《ごじようげん》で死んだ。

北伐にあたって、諸葛孔明の発表した『出師《すいし》の表《ひよう》』は、感動的な文章であって、これを読んで泣かぬ者は人間ではない、とまで言われたものである。

諸葛孔明を祀《まつ》った武侯祠は、成都の南郊にある。それは劉備すなわち蜀漢昭烈帝《しょうれつてい》の墓のすぐ近くであった。明《みん》代になって、昭烈帝廟と武侯祠は合併されて、一つの境内のなかにはいった。君臣合廟という珍しい形式である。合併されても、人びとは武侯祠と呼びつづけた。昭烈帝廟と呼ぶ人はあまりいない。後世の私たちからみれば、三国志後半の主役は、やはり諸葛孔明であるからだろう。

唐《とう》代、まだ合廟ではなかったが、杜甫はつぎのような七言律句をつくっている。

蜀主（劉備）呉を窺《うかが》いて三峡に幸す
崩年も亦《ま》た永安宮に在り
翠華《すいか》（皇帝旗）想像す空山の裏《うら》
玉殿　虚無なり野寺の中《うち》
古廟の杉松に水鶴《すいかく》巣くい
歳時伏臘《さいじふくろう》（時節の祭祀）に村翁《そんおう》走る
武侯の祠屋《しおく》、長《とこし》えに隣近《りんきん》
一体の君臣　祭祀同じ

代赭《たいしや》の壁に囲まれた武侯祠は、成都南郊というが、市街区からそれほどはなれていない。近くに西南民族学院や成都体育学院などがあり、いわば文教地区になっている。成都観光の二つの柱は、この武侯祠と杜甫草堂だが、武侯祠のほうが市街区に近い。

武侯祠の大門をはいると、二門までのあいだがかなり広い。そこに六基の石碑が立っている。唐代と明代のものが、それぞれ一基であとの四基は清代のものである。二門にむかって右側にある唐碑は、「三絶碑」と呼ばれて武侯祠石碑のなかの白眉《はくび》とされている。

なぜ三絶と呼ばれるかといえば、文章、書、刻字の三つが比較を絶するほどすぐれているからなのだ。文章を作ったのが、中唐の宰相の裴度《はいたく》であり、書は柳公綽《りゆうこうしやく》、刻字は魯建《ろけん》と、その時代の超一流の人たちの合作による石碑で、憲宗の元和四年（八〇九）にこれを立てたとある。

二門をはいると、その正面に劉備殿があるが、その左右の回廊に、蜀漢のおもだった幹部の塑像《そぞう》がずらりとならんでいる。右（東）側は文臣で、左は武将のそれなのだ。それぞれ文臣廊、武将廊と呼ばれている。塑像の数は十四で、清代につくられた。文臣の筆頭は龐統《ほうとう》で、武将の筆頭は趙雲《ちようらん》である。

関羽と張飛は特別扱いで、劉備殿の東西の偏殿に、その家族とともに塑像となっている。東の関羽父子といっしょに、周倉《しゅうそう》の像があるのがおもしろい。周倉は正史にその名の見えない人物なのだ。おそらく講談本の『三国志演義』がつくり出した、数すくない架空の人物の一人であろうといわれている。

講談とはいえ、歴史を語るのだから、あまり架空の人間を挿入するのは遠慮したようだ。そのような人物を登場させるまでもなく、三国志には登場人物が多すぎるほどである。それでも周倉と美女の貂蟬《ちょうせん》とが、正史にのっていない。

あまりにも人びとに知られたので、架空の人物の疑いのある周倉までが、塑像につくられてしまった。いかに『三国志演義』の力が強かったかがわかるだろう。

劉備殿の劉備像は、高さ三メートルの坐像で、塑像だが、金泥を塗っている。文臣廊と武将廊の塑像は彩色されたものである。清代塑像にありがちな、類型的な人形ふうのものが多いが、なかに数点、人物の特徴をよくとらえたものが認められる。

劉備殿のうしろに、小さな「過庁《クオティン》」があり、いちばん奥に諸葛亮殿がある。ここの建造物群は、この諸葛亮殿が主役であることがわかる。君臣の関係であるとはいえ、武侯祠であるので、劉備も諸葛孔明（本名は亮。あざなが孔明）の引き立て役をつとめているのだ。殿内には孔明とその子孫の塑像があり、やはり金泥を塗ったものである。

諸葛亮殿で注目すべきは、像前に三個の銅鼓《どうこ》が置かれていることであろう。銅鼓というのは、中国の中原《ちゅうげん》のものではなく、西南地方に多く出土する遺物で、少数民族の制作にかかわるものなのだ。

三国志の世界は、これまで記録されることのすくなかった地域にもひろがる。中原の人たちが、「西南夷《せいなんい》」と呼ぶ民族の居住する地域である。紀元前二世紀、漢の武帝の使節が派遣された「夜郎国《やろう》」も西南夷の一種であった。夜郎王が漢の使節にむかって、

――漢はわが夜郎より大きいか？

と質問したのは有名な話である。「夜郎自大《やろうじだい》」という成語はここから出た。辺境とはいえ、豊かな地方であり、地下資源にめぐまれているほか、ビルマやインドとの交易路にあたっていた。

諸葛孔明は宰相型の人物で、けっして武将や作戦参謀型の人物ではなかった。それでも、西南夷にたいする「南征」には、みずから総司令官として指揮をとった。

この南征は北伐の前提であった。最強の魏と戦うためには、国内を整備し、後顧の憂いをな

くし、軍需や糧食の貯蔵などの準備が必要である。そのためには、どうしても南方を平定しておかねばならない。当時、西南夷の住む四川《しせん》西南部、貴州《きしゅう》、雲南《うんなん》、広西《こうせい》にかけての地方は、疫《えき》癘《れい》の地といわれ、風土の条件がきわめて悪いとおもわれていた。だから、蜀漢の重臣のあいだには、南征反対論も強かったが、孔明は敢然とそれに踏み切った。

西南夷は民族的には苗族、タイ族などに属し、中国の中央部とはかなり異なった風習があった。当時の西南夷の首長は孟獲《もうかく》という人物で、すぐれた指導力をもっていたようだ。孔明は孟獲とたびたび戦い、七たび孟獲を捕虜にして、七たび釈放したといわれている。そして、ついに最後に孟獲は孔明と戦うことをあきらめて降伏する。孔明は孟獲をはじめ各地の西南夷の首長たちを、そのままその地方の長官に任命した。

これは諸葛孔明が武力による威圧だけではなく、人心を得ることを心がけたことを物語っている。力だけで抑えつけようとすれば、その力が弱まれば、またそむくことになるだろう。魏との決戦を念頭においた孔明は、強行策一本にしぼらなかった。

諸葛亮殿の銅鼓は、西南夷のものだが、これを何に用いたのか、じつはよくわかっていない。たんなる楽器ではなかったようだ。地中に埋めて、豊作を祈るまじないにしたのではないかともいわれている。出土状況は、日本の銅鐸《どうたく》に似ているうえに、たんなる楽器でないらしいことも共通している。周辺に蛙《かえる》の飾りがあるのは、冬眠からさめた蛙が、地中からよみがえることと関係があるとする説も有力なようだ。権威の象徴説もある。

現在も銅鼓は、中国の西南部からインドシナ半島にかけて、かなり多数出土している。広西壮《チワン》族自治区の南寧《なんねい》市の博物館へ行くと、銅鼓室があり、かぞえきれないほどの銅鼓が展示されていた。

諸葛孔明は、おそらく蜀の建興三年（二二五）の南征で、銅鼓を戦利品として成都に持って帰ったのであろう。「諸葛鼓」（諸葛孔明の陣太鼓）として知られているが、現在、武侯祠にある銅鼓が、当時のものであるかどうかは疑問である。ただし、三個のうちの最も大きいものは時代も古く、あるいは三国時代かもしれない。

諸葛亮殿の西には蓮池があり、さらにその西に劉備の墓がある。「漢昭烈陵《かんしようれつりよう》」という扁額《へんがく》がかかっているが、ふつう恵陵《けいりよう》と呼ばれている。恵陵の南に文物陳列室があり、三国期の歴史を中心とした文物が展示されている。

武侯祠のいたるところに、扁額や聯《れん》がかかっていて、書道に関心のある人にとっては、その宝庫という評判が高い。過庁扁額「武侯祠」の三字は、郭沫若《かくまつじやく》の書である。

唐の杜甫には、ほかに「蜀相」と題して、この武侯祠をうたった七言律詩がある。

丞相の祠堂《しどう》　何処《いずこ》にか尋《たず》ねん
錦官城《きんかんじょう》（成都）外　柏《はく》は森々《しんしん》たり
堦《かい》に映ずる碧草《へきそう》自《おのず》ら春色
葉は隔《へだ》つる黄鸝《こうり》（鶯の一種）空《むな》しく好音
三顧《さんこ》　頻繁《ひんぱん》なり天下の計
両朝（劉備とその子）開済《かいさい》す老臣の心
出師《すいし》　未だ捷《か》たざるに身は先ず死し
長《とこし》えに英雄をして涙を襟に満たしむ

五丈原の対決

日本でもかつて大将といえば乃木《のぎ》大将、元帥《げんすい》といえば東郷《とうごう》元帥と、姓名をいわないでもきまっていたものである。おなじように、中国でもただ丞相《じょうしょう》といえば、諸葛孔明を指すのだ。日本の詩人土井晩翠《つちいばんすい》に、孔明の死をうたった、有名な長詩があり、

——丞相、病《やま》い篤《あつ》かりき

の句は人びとに愛誦された。

孔明は五丈原《ごじょうげん》で陣没した。この五丈原での戦いは、三国志のハイライトの一つというべきであろう。

蜀軍十万が、秦嶺《しんれい》を越えて渭水《いすい》の南岸の五丈原に進み、そこに陣を布《し》いたのは二三四年のこ

とであった。三国のあるじは、すべて皇帝と称し、それぞれ元号を定めていた。この年を三国の元号でいえばつぎの通りである。

魏の明帝の青龍二年

呉の大帝の嘉禾《かか》三年

蜀の後主《こうしゅ》の建興十二年

皇帝の諡号《しごう》は、その死後につけられる、いわゆる「おくり名」である。だが、蜀は劉備とその子の劉禅の二代しかつづかなかった。劉備は昭烈帝《しょうれつてい》というおくり名をつけられたが、劉禅の代に国がほろびて、諡号をおくる王朝がなくなったので、後主（劉備を先主《せんしゅ》と称するのにたいして、二代目の劉禅をさす）と呼ばれるだけなのだ。

蜀軍はそれまで三たび秦嶺を越えて北上した。こんどが四度目であり、じつは本格的な最初の北伐《ほくばつ》であった。これまでの三回は、準備工作にすぎない。本格的北伐のさいは、長安を陥し、洛陽にむかうというので、東へ東へと兵を進めることになる。そのとき、背後を襲われるおそれがないように、過去三回はおもに甘粛《かんしゅく》の軍閥《ぐんばつ》をたたくのが目的の出兵であった。

このたびは、いよいよ魏と雌雄《しゆう》を決しようとするのである。だが、多年の辛苦のため、丞相諸葛孔明は健康を害していた。病身をおしての出陣であった。悲壮な出陣であったことは、

『出師《すいし》の表《ひょう》』からもうかがえる。

蜀から関中へ出る道は、世に名高い難路であった。李白《りはく》に「蜀道難」という長詩があり、

ああ　危ういかな　高いかな
蜀道の難《かた》きは青天に上《のぼ》るよりも難し

と、うたい出されている。なおこの長詩のなかのつぎの句、

一夫　関に当《あた》れば
万夫も開《ひら》く莫《な》し

は、箱根の山を形容する小学唱歌に、そのまま引用され、愛唱されてきた。

西安から蘭州《らんしゅう》経由で、新疆《しんきょう》ウイグル自治区のウルムチへむかう鉄道は、宝鶏《ほうけい》市から西南にむかう線がわかれている。成都へむかう宝成線である。丞相に率いられた十万の蜀軍は、ほぼ現在の鉄道の線に沿って、蜀道の難路を越えたのであろう。三国志では、斜谷《やこく》を出たとなって

いる。

斜谷を出たところ、鳳翔県《ほうしょう》と宝鶏市のあいだあたりに五丈原がある。原といっても丘陵地で、いかにも中国の西北らしい場所といえよう。

五丈原における魏と蜀との対峙は百余日にわたった。

魏の総司令官は司馬仲達（本名は懿《い》）である。魏の本陣は五丈原よりずっと後方の長安におかれていた。私はかつて西安市の公路学院の宿舎を訪れたとき、そのあたりが司馬仲達の本陣跡であるときかされていた。現在の西安市の南郊で、唐《とう》代に建てられた大雁塔《だいがんとう》よりも南にあたる。

蜀は攻め、魏は守った。だが、蜀軍の攻撃は精彩を欠いていた。総帥の諸葛孔明が病床にあったからだ。司馬仲達は間諜の報告や捕虜の供述などによって、丞相の病気を知っていたようである。

諸葛孔明はその年の二月に五丈原に布陣し、八月に他界した。

――会《たま》ま長星有り、亮《りょう》の塁《るい》（陣営）に墜つ。

と、『晋書』にある。

英雄の死には天文に奇変がなければならない。大きな流れ星を、人びとは孔明の死に結びつけた。同年十一月、洛陽に地震があったが、それも孔明の怨念のせいと思われた。洛陽は宿敵魏の皇帝の居住するまちである。そして、孔明は生涯、かつて一歩も古都洛陽の土を踏んだことはない。

死に臨んで、孔明は姜維《きょうい》と楊儀《ようぎ》の両将軍に遺言して、兵を蜀に退かせたのである。遺言に従って、みごとに撤退したので、なにか策略があるのではないかと疑って、魏軍は追撃しなかったといわれている。

四年後、司馬仲達は遼東《りょうとう》の公孫淵《こうそんえん》討伐のため、東へ遠征することになった。現在、東北とよばれている地方（日本では満州と称していた）は、曹操の烏桓《うかん》討伐によって、早くから三国志の舞台となっていた。

司馬仲達が公孫淵を攻めほろぼしたことによって、魏の威令は東北から朝鮮半島にまで及んだ。東海の倭の女王卑弥呼が、魏に使節を出したのは景初三年（二三九）、すなわち公孫淵が没落した翌年のことだった。これは蜀の元号では、延熙《えんき》二年、呉の赤烏《せきう》二年のことで、日本は三国志の舞台の端のほうに、すこし顔をのぞかせたことになる。

唐詩の旅

唐代は、中国の古典詩が空前の発展をとげた時代である。その詩は、中国ばかりでなく世界文学の偉大な遺産である。

唐代になって、隋《ずい》王朝までの南方のきらびやかで享楽的な六朝《りくちょう》文化に、北方の熾烈な気風と人間的心情とが結ばれていった。当時の商工業の発達による民衆の生活力の増大、異民族との交流による世界観の拡大は、詩の素材も内容も飛躍的にひろげることとなった。形式上も絶句《ぜっく》・律詩《りっし》の近体詩《きんたいし》が完成された。

李白《りはく》は、自由奔放に人間の可能性をうたい、杜甫《とほ》は、正義感、人間愛にもとづいて現実を鋭くみつめ、民衆の苦悩をうたった。平易な詩風で文学の大衆化をおこなった白居易《はくきょい》は古くから日本人に親しまれた。

唐代地図

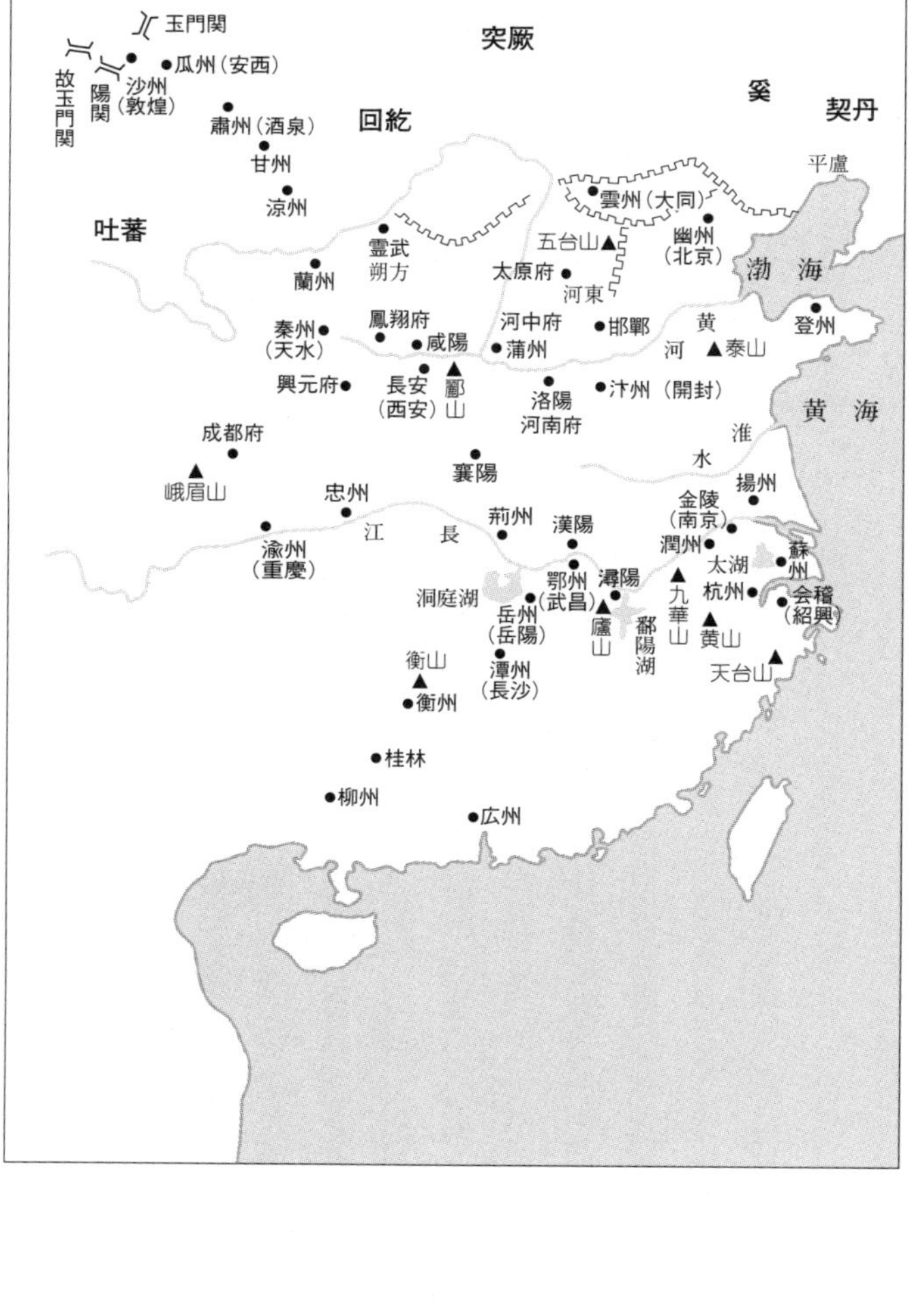

玉門関
故玉門関
陽関
沙州（敦煌）
瓜州（安西）
突厥
回紇
奚
契丹
粛州（酒泉）
甘州
涼州
吐蕃
平盧
雲州（大同）
幽州（北京）
五台山
霊武
朔方
蘭州
太原府
河東
渤海
秦州（天水）
鳳翔府
咸陽
河中府
蒲州
邯鄲
黄
河
泰山
登州
興元府
長安（西安）
驪山
洛陽
河南府
汴州（開封）
黄海
淮
水
成都府
峨眉山
襄陽
忠州
揚州
金陵（南京）
潤州
渝州（重慶）
江
長
荊州
漢陽
太湖
蘇州
鄂州（武昌）
潯陽
九華山
杭州
会稽（紹興）
洞庭湖
岳州（岳陽）
廬山
鄱陽湖
黄山
天台山
衡山
潭州（長沙）
衡州
桂林
柳州
広州

陶淵明の故郷

廬山《ろざん》という地名をきくと、ふしぎに血の騒ぐ気持になる。

この山の麓の柴桑《さいそう》というところで、陶淵明《とうえんめい》が生まれたのは、晋《しん》の哀帝《あいてい》興寧三年（三六五）のことであった。

『詩経《しきよう》』や『楚辞《そじ》』は、私たちにとって、なにか遥か遠いものというかんじがする。註釈や解説のフィルターが、そのあいだにとうぜん存在するはずだとおもう。じかにふれることのできない世界のようである。中国の古典の詩歌が、私たちの手にじかにふれるのは、陶淵明からはじまるのではあるまいか。陶淵明の表現が平明であることもあろうが、そのテーマが私たちに共感できるものであるからだ。おなじ空気を呼吸していると実感できる世界が、そこにあきらかに存在する。

唐の詩人白居易（七七二～八四六）は、廬山のほとりの江州《こうしゆう》に左遷されたとき、『陶公の旧

宅を訪《おとな》う』と題する詩をつくったが、その序文に、

余、夙《つと》に陶淵明の人と為《な》りを慕う。往歳《おうさい》（むかし）、渭上《いじょう》（地名）に閑居し、嘗《かつ》て陶体（陶淵明の文体）に效《なろ》う詩十六首有り。今、廬山に遊び、柴桑を経《へ》て栗里《りつり》に過《よ》ぎる。其《そ》の人を思い、其の宅を訪い、黙々たる能《あた》わず、又《また》、此の詩を題すと云う。

とある。柴桑も栗里も、陶淵明の故郷の地名なのだ。五百年近くへだてた先輩の陶公に、白居易は心酔していた。長安にいたときに陶淵明の文体を模して十六首の詩をつくっている。まして、その故郷を訪ねたのだから、白居易は興奮し、心の底から、ことばがほとばしり出て、それが詩となった。その長詩は、

柴桑《さいそう》の古き村落
栗里《りつり》の旧き山川
籬《まがき》の下の菊は見えず
但《た》だ余《のこ》す墟《さと》の中の煙

子孫は聞こゆる無しと雖《いえど》も
族氏は猶《な》お未だ遷《うつ》らず
姓《せい》の陶《とう》なる人に逢《あ》う毎《たび》に
我が心をして依然（なつかしむ）たらしむ

と結ばれている。陶淵明の子孫で、その後、名のきこえた人はいないが、その一族はまだ他所に移らずに住みついていたらしい。白居易はそこで陶という姓の人に会うたびに、なつかしさで胸がときめいたのである。一種の血の騒ぎであろう。

いま私たちは、その白居易や李白《りはく》が詠んだ詩歌によっても、廬山に胸のときめきをおぼえる。それればかりではない。廬山は避暑地なので、国家の最重要な会議が、しばしばこの山上でおこなわれた。彭徳懐《ほうとくかい》が失脚した廬山会議、またその前の一九三七年七月の廬山会議を思い出す。国共合作時代で、周恩来《しゅうおんらい》も中国共産党を代表して、この会議に参加していた。蔣介石《しょうかいせき》はここで、有名な「生死の関頭」の談話を発表した。抗日戦争の方針も、ここで決定されたのである。私たちの血管がおぼえている、現代史の重要な事件とかかわりあった土地としても、廬山は血を騒がせるのであろう。

血の騒ぎを唐詩とのかかわりに限って述べてみよう。

太古、匡俗《きょうぞく》という隠者が、この山に廬《いおり》を結び、登仙《とうせん》して廬だけがのこされた、という言い伝えがあり、それが山名のいわれであるとされている。

中国の名山は、たいてい仙人と関係があり、この伝説は、廬山が名山であることを旁証するものにほかならない。

陶淵明の時代から、この山には仏教的な雰囲気をもつ、文化人のグループの「白蓮社《びゃくれんしゃ》」があった。陶淵明はそれに参加しようとしたが、結社の規則では酒が飲めないのでやめた、といわれている。

道教《どうきょう》的な仙とともに、仏教的なにおいも濃厚であった。それは、名僧慧遠《えおん》が弟子を率いて、この山にはいったからである。白蓮社は念仏結社から発展したとする説が有力なようだ。

大雑把《おおざつぱ》にまとめるのは問題があるだろうが、その作品から受けたかんじでは、李白は廬山の道教的な雰囲気に反応し、白居易は仏教的なそれにより多く反応したようである。

「飛流直下三千尺」という、廬山の瀑布《ばくふ》を望んでつくられた李白の句は、あまりにも有名になった。けれども、盧虚舟《ろきょしゅう》に寄せた『廬山の謡《うた》』もおもしろい。

黄雲万里　風色を動かし
白波九道　雪山を流す

といった句はひきしまっている。この『盧山の謡』のなかには、五嶽《ごがく》に仙を尋ねて遠きを辞せず、とか、あるいは、

遥かに見る仙人は綵雲《さいうん》の裏《うち》
手に芙蓉《ふよう》を把《と》って玉京に朝す

と詠われ、「太清《たいせい》に遊ばん」と結ばれているのだから、道教色がきわめて濃厚であるといわねばならない。太清とは大いに清らかな天上世界のことで、道教の用語である。

盧山のなかでも、とくに知られている五老峰《ごろうほう》は、五人の老人がからだを寄せ合うように立っているすがたにたとえられた命名である。道教の理想は長寿にあった。老人はめでたいものと意識されたので、この五老峰も道教的なにおいのする名称といえよう。李白には『盧山の五老峰を望む』と題する七言絶句がある。

廬山東南の五老峰
青天削《けず》り出《い》だす金芙蓉《きんふよう》
九江の秀色《しゅうしょく》　攬結《らんけつ》（手に取るように見る）す可《べ》し
吾《われ》、将《まさ》に此の地にて雲松《うんしょう》を巣《す》とせん

李白は青年時代、各地を放浪したが、そのとき廬山を訪れたことがあった。また長安の朝廷を追われたあと、しばらく廬山に住んだこともあったのだ。それは五老峰のほとりであったといわれている。

李白と杜甫の友情

李白が廬山にしばらく住んだのは、至徳元年（七五六）のことで、彼はすでに五十六歳になっていた。この年は、李白にとっても忘れられない出来事がつづいたのである。前の年の十一月に、安禄山《あんろくざん》が反乱をおこし、十二月に洛陽を占領した。安禄山は洛陽で帝位に即き、大燕《だいえん》皇帝と称したのである。李白が廬山にはいったときは、すでに安禄山の造反のしらせをきいていたのだ。

玄宗《げんそう》皇帝が長安を脱出し、途中、馬嵬《ばかい》の駅で、軍隊の要求によって楊貴妃《ようきひ》に死を賜わったのは、この年の六月のことであった。そのころ、李白は廬山にいたのである。

玄宗が退位し、皇太子が即位したのは七月のことである。これが粛宗《しゆくそう》皇帝である。粛宗は弟の永王李璘《りりん》を、長江方面の軍司令官に任命して、安禄山の反乱軍を討伐させることにした。永王は湖北で軍隊を編制し、長江を東にくだって潯陽《じんよう》まで来た。潯陽は現在の九江《きゆうこう》市で、廬山の麓にあるまちなのだ。

永王はそこで、李白が廬山にいることを知り、幕僚として招いたのである。安禄山討伐の勤皇軍なので、李白もその招きに応じた。これが李白の運命を大きく揺りうごかすことになった。

どうやら永王は、安禄山討伐を機会に、長江下流の豊かな地方を勢力圏におさめ、そこに割《かっ》拠《きょ》しようと考えていたらしい。永王は玄宗の第十六子だが、兄の粛宗とはあまりうまくいっていないようだった。粛宗も永王のうごきを察知したのか、蜀《しょく》（四川《しせん》）に戻るよう命じた。永王はそれに従わなかった。勅命にそむく者は謀反人である。粛宗はただちに永王討伐の軍をさしむけた。

勤皇軍に参加したつもりなのに、それが反乱軍になってしまった。李白にとっては、思いもかけぬことであった。

『永王東巡歌』（五首）は、李白が永王の幕僚に迎えられたときに作られた。潯陽のまちで、廬山を眺めながら、彼は筆をとったのであろう。

二帝　巡遊《じゅんゆう》して　倶《とも》に未だ還《かえ》らず
五陵の松柏《しょうはく》　人をして哀《かな》しましむ

諸侯　河南の地を救《すく》わず
更に喜ぶ賢王《けんのう》の遠道より来るを

二帝というのは、玄宗と粛宗のことで、玄宗は退位して上皇となり、蜀に避難し、粛宗は霊《れい》武《ぶ》（甘粛省《かんしゅくしょう》）で、安禄山討伐の指揮をとっていた。この二人とも、まだ長安に帰ることができないでいる。

五陵とは、ふつう漢の五帝の陵墓を指すが、ここでは唐の高祖以後の陵墓と考えてよいだろう。玄宗は六代目の皇帝なのだ。祖先の墓をほったらかして、二帝は外に在る。諸侯、群臣は河南の地を奪回することができない。河南の地とは、安禄山が都と定めた洛陽を意味する。賊がまだはびこっている。そんなときに、うれしいことに、賢明な王、すなわち永王が、はるばるとこの地にやって来た。李白がそう称讃した永王が、粛宗と不和になり、反乱軍の烙印を捺されて、討伐を受けることになった。

圧倒的な中央軍に囲まれ、永王は敗死し、李白は潯陽で捕われ、投獄されたのである。賊軍に荷担したのだから、大逆罪であり、彼の命は風前の灯であった。

幸い郭子儀《かくしぎ》の奔走によって、死一等を減じられ、夜郎《やろう》という西南の辺境に流されることになった。永王の幕僚となった二年後のことだから、李白はもう五十八歳であった。長安も洛陽も、すでに郭子儀が奪回していた。粛宗はめでたく還都していたのである。首都収復の最大功労者の郭子儀が、李白のために奔走したので、李白は命をつなぎとめることができた。そして、夜郎への流罪も、そこへ行き着く前に、恩赦されたのである。

前後のいきさつからみて、李白に大逆罪にあたる行為がなかったことは、あまりにもあきらかであった。粛宗にしても、帝位をうかがいかねない永王さえ粛清すれば、それでよかったのである。永王子飼いの側近ならともかく、李白は永王が通りかかったときに迎えられた、新参の幕僚にすぎなかった。

李白が恩赦のしらせを受けたのは、乾元二年（七五九）、三峡の名勝で有名な白帝城においてであった。『早く白帝城を発す』と題する詩は、このときにつくられた。

朝《あした》に白帝を辞す　彩雲の間
千里の江陵《こうりょう》　一日《いちじつ》に還《かえ》る
両岸の猿声《えんせい》　啼《な》いて住《とど》まらず
軽舟《けいしゅう》已《すで》に過ぐ　万重《ばんちょう》の山

江陵《こうりょう》は荊州《けいしゅう》ともいい、長江（揚子江《ようすこう》）はこのあたりで南にカーヴしている。岳陽《がくよう》を経て武《ぶ》昌《しょう》へ至る湖北の中心部といえよう。四川の奉節《ほうせつ》県にある白帝城からみれば、江陵は文化の程度の高い土地であったのだろう。李白は湖北の安陸《あんりく》に長いあいだ住んだことがある。流罪の土地へ行くために、李白は長江をさかのぼっていたのだが、いま赦《ゆる》しを得て、長江の流れにしたがって戻るのだ。

心は長江の下流にある。

しかも、このあたりの長江は急流である。

古い旅行記にも、早朝に白帝城を出発すれば、急流に乗って、夜には江陵に着く、とある。心も流れも急いでいるのだ。

「還《かえ》る」ということばが、このときの李白の心にぴったりであった。万重《ばんちょう》の山のあいだを縫って進む舟も軽いが、それ以上に軽く、うきうきしていたのは李白自身だったはずである。白帝城までは、彼は虜囚《りょしゅう》の人であった。赦免された李白は、言い知れない解放感を味わっていた。それがこの詩に、躍動感を与えている。

そのころ、詩友の杜甫は、飢饉《ききん》のため、官を棄てて秦州《しんしゅう》に移っていた。秦州は石窟寺《せっくつじ》で有名な甘粛《かんしゅく》の麦積山《ばくせきざん》の近くである。食べるものがなく、どんぐりを拾って食べたという、悲惨な状態がつづいたころだった。苦しい境遇にあっても、杜甫は流罪になった李白のことが忘れられない。しばしば李白を夢にみたのである。『李白を夢《ゆめ》む』とか、『李白を懐《おも》う』と題する詩をつくっている。

浮雲　終日行く
遊子　久しく至らず
三夜　頻《しき》りに君を夢む
情親　君が意を見る
……………………

これらの詩を読むと、二人の友情の深さに胸をうたれるおもいがする。

成都の杜甫草堂

杜甫がしきりに李白の身を案じていたころ、じつは李白は赦免され、身も心も舟も軽く、長江の流れに乗っていたのである。飢饉のまっただ中にあった杜甫のほうが、同情すべき状態であったのだ。『李白を夢む』をつくった年の十二月、杜甫は家族を連れ、蜀道の難路をこえて、四川の成都に移った。

杜甫は浣花里《かんかり》に住居を定めた。浣花渓がそのそばを流れている。浣花草堂あるいは杜甫草堂とも呼ばれ、その後、成都の名所となった。諸葛孔明を祀《まつ》った武侯祠と、この杜甫草堂は、成都を訪れる人が、かならず立ち寄らねばならぬ場所である。

戦乱と飢饉に翻弄《ほんろう》された杜甫も、この草堂で、まずひと息ついた。四川では、子供のころからの友人である厳武《げんぶ》や高適《こうせき》が、かなり高いポストについていたので、その援助が受けられたのである。四十九歳から五十一歳にかけて、杜甫はここに三年の平穏な日々を送った。この草堂で彼は二百四十余首の詩をつくり、それは現存する彼の作品の六分の一にあたる。

草堂というから、草葺《くさぶ》きの質素な住居であったのだろう。そのような建物は、もちろん早くからなくなったはずである。

唐《とう》末に、成都に住んでいた文人たちが、杜甫を記念して、おなじ場所に建物をたてた。祠堂《しどう》がつくられたのは、宋《そう》代になってからだといわれている。現在は国宝（全国重点文物保護単位）に指定されている「杜甫草堂」の区域に、工部祠、詩史堂、草堂書屋、恰受航軒《こうじゆこうけん》、碑亭その他いくつかの建造物がある。

また草堂は杜甫研究のセンターにもなっていて、宋、元《げん》、明《みん》、清《しん》にかけての、杜甫にかんするさまざまな文献が、三万余冊集められている。私がここを訪ねたとき、数日後に、杜甫学会がひらかれるというので、その準備をしていた。

この時期の杜甫の生活は、七言律詩の名作『江村《こうそん》』に、最もよく活写されている。ほかに『絶句漫興《ぜつくまんきよう》』九首にも佳品がみられる。たとえばつぎの詩である。

手ずから種《う》えし桃李《とうり》は主《ぬし》無きに非ず
野老の牆《かき》は低きも還《ま》た是《こ》れ家なり

恰《あたか》も似たり春風の相《あ》い欺《あなど》り得たるに
　夜来　吹き折る数枝《すうし》の花

野老とは田舎《いなか》のじいさんのことで、杜甫はよくそう自称した。塀は低くても、家であることにかわりはない。自分で植えた桃李はとうぜん私のものであるのに、春風がばかにしたよう、昨夜から何本かの花の枝を吹き折った、というのである。

ささやかながら、平和な田園の生活がそこにあった。けれども、この地は杜甫にとっては、やはり異域であった。東へ行きたいという気持は強かったのである。ことに広徳元年（七六三）、河南、河北が収復されたというしらせがあったとき、彼は故郷に近い洛陽に帰りたいとおもった。けれども、いろんないきさつがあって、彼が四川をはなれる時期はだいぶ遅れたのである。赦免された李白の消息も、成都には伝わっていなかったようだ。杜甫は彼のことを案じつづけた。草堂で彼は『不見』（見ず）という題の五言律詩をつくった。

　李生（李白）を見ざること久し
狂を佯《よそ》おうは真《まこと》に哀《かな》しむ可《べ》し

世人　皆　殺さんと欲す
吾が意　独《ひと》り才を憐《あわ》れむ
敏捷なり詩千首
飄零《ひょうれい》（うらぶれる）して酒一杯
匡山《きょうざん》は書を読みし処
頭は白し　好《よ》し帰り来たれ

李白がにせきちがいになっているという噂もあったようだ。いまごろ、うらぶれて一杯の酒に憂さをぶちまけているかもしれない。杜甫はそんなことが気がかりであった。

李白は四川の出身といわれている。その四川に杜甫はいる。杜甫は李白に四川に帰ってきてほしかったのだ。

李白の生まれ故郷に、大匡山《だいきょうざん》という山があるという。そこは李白が読み書きを習ったところなのだ。もう頭も白くなったのだから、いい加減に帰ってくればよいのに……。

四川が李白と関係が深いので、杜甫はよけい李白のことを思い出すのかもしれない。たとえば、成都の近くの峨眉山《がびさん》を見ても、杜甫は李白の『峨眉山月歌』を連想したであろう。

峨眉山月　半輪《はんりん》の秋
影は平羌江水《へいきょうこうすい》に入って流る
夜　清渓《せいけい》を発して三峡に向《むか》う
君を思えども見えず渝州《ゆしゅう》に下《くだ》る

成都の南にある峨眉山は、海抜三千九十九メートルで、「日出」「仏光」（光背）「雲海」「神灯」（燐火現象）の四大奇観によって名高い。山中にはいま仏寺が多いが、唐代では道観《どうかん》（道教寺院）がおもであったという。若き日の李白は、なんどもこの山に登ったにちがいない。廬山《ろざん》に登っても、彼はふるさとの峨眉山を思い出していたかもしれない。

白居易と江南の詩

白居易が江州司馬《しば》に左遷され、廬山の香炉峰《こうろほう》の麓に草堂をつくったのは、元和十二年（八一七）のことである。李白が廬山の五老峰《ごろうほう》下の庵をはなれて、六十年以上たっている。詠む人によってちがうのか、白居易がつくった廬山の詩は、どことなく仏教臭があり、李白のそれとは別の趣きをもつ。

香炉峰下に山居を新たに卜《ぼく》し、草堂ができあがったとき、白居易は喜んで、その壁に数首の詩を書きつけた。そのなかでも、

遺愛寺《いあいじ》の鐘《かね》は枕を欹《かたむ》けて聴《き》き
香爐峰の雪は簾《すだれ》を撥《は》ねて看《み》る

の句は、とくに日本では有名である。

『枕草子』に、中宮が「香炉峰の雪は？」と問いかけたのに、清少納言がすかさず簾をまきあげて、人びとを驚かせたという話がのっている。清少納言の才女ぶりが、このエピソードによくあらわれている。

この話によってわかるのは、白居易の詩文が、平安朝の教養人の必読書であったことだ。『白氏文集《はくしもんじゆう》』は、当時の日本では、李白や杜甫よりもよく読まれた。白居易の詩が、陶淵明のそれ以上に、日本人にはわかりやすいことも、読まれた理由の一つであろう。たとえば、廬山遺愛寺を詠んだ、つぎの五言絶句など、ほとんど註釈を要しない。

石に弄《たわむ》れ渓《たに》に臨みて坐し
花を尋《たず》ね寺を遶《めぐ》りて行く
時々《じじ》　鳥語《ちようご》を聞き
処々《しよしよ》　是れ泉声《せんせい》

白居易は花を愛した詩人である。『桃杏《とうきよう》を種《う》う』とか、花樹に別れる詩があるが、花にたいする愛情はこまやかなものがあった。

私は廬山を訪ねたとき、雲中賓館《うんちゅうひんかん》という旅館に泊った。ここはかつて汪兆銘《おうちょうめい》の別荘だったという。

その近くに湖があり、湖のかたわらに、「花径《かけい》」(花の道)と呼ばれる区域があった。そこの入口には、

花開山寺
詠留詩人

という聯《れん》が彫られている。

その詩人とは、白居易のことであるという。湖の名は如琴湖《じょきんこ》で、このあでやかな名も、白居易にゆかりがあるのかと訊くと、そうではなかった。如琴湖は、一九六一年に完成した人工の湖だったのである。

仏教に傾倒した白居易は、寺を詠んだ詩が多い。廬山をはなれて四年後、彼は杭州の刺史(地方長官)となった。杭州の名刹を、彼はつぎのようにうたった。

館娃宮《かんあいきゅう》（呉王夫差《ふさ》の宮殿名）畔《はん》千年の寺
水闊《ひろ》く　雲多く　客到るは稀《ま》れ
聞道《きくなら》く　春来《しゅんらい》　更に惆悵《ちょうちょう》
百花深き処　一僧帰ると　（『霊巌寺《れいがんじ》』）

白居易は李白や杜甫とちがって、官僚としても出世した詩人である。行政的な手腕もあったらしく、杭州の西湖を整備して、こんにちのような名勝としたのは、彼の力によるという。それだけに、白居易の西湖にたいする愛着はなみなみならぬものがあった。『春、湖上に題す』という七言絶句は、つぎのように西湖を描写している。

湖上　春来たれば　画図《がと》に似たり
乱峰　囲繞《いじょう》して　水平らかに鋪《し》く
松は山面に排して千重《せんちょう》の翠《みどり》
月は波心に点《てん》じて一顆《か》の珠《たま》

碧毯《へきたん》の線頭（糸の端）は早稲《そうとう》を抽《ぬ》き
青羅《せいら》の裙帯《くんたい》は新蒲《しんぽ》（蒲の穂）を展《の》ぶ
未だ杭州《こうしゅう》を抛《なげう》ち得て去る能わず
一半勾留《こうりゅう》（ひきとめる）するは是れ此の湖《みずうみ》なり

杭州刺史《しし》の職を抛棄《ほうき》して立ち去ることができないでいるが、それは半分はこの湖にひきとめられてのことである、というのだ。

いよいよ杭州を去らねばならなくなったとき、白居易は、『西湖《せいこ》留別』という詩をつくり、

処々　頭を廻らせば尽《ことごと》く恋うるに堪えたり
就中《なかんずく》　別れ難きは是れ湖辺

と結んだ。

別れるのがつらかったのである。それにしても、西湖というのは、しあわせな湖ではないか。

白居易が西湖を去って二百六十余年後の北宋元祐四年（一〇八九）、蘇東坡《そとうば》がこの地方の長官

となった。彼は西湖の泥をさらえて堤をつくり、人びとはそれを蘇堤《そてい》と呼んだ。白居易も長い堤防を築き、たくわえた水を灌漑用にしたといわれている。土地の人はこちらを白堤《はくてい》と呼ぶ。

白居易は杭州刺史を三年つとめあげたあと、いったん洛陽に帰り、翌年、こんどは蘇州《そしゅう》刺史に任命された。そして赴任したけれども、まもなく病気になり、再び洛陽に帰ったのである。白居易は蘇州とは縁が薄かったといわねばならない。

緑波　東西南北の水
紅欄　三百九十の橋

蘇州について、彼が詠んだ詩で、記憶に残るのは、この句ぐらいである。蘇州を詠んだ唐詩としては、なんといっても、

月落烏啼霜満天

の例の『楓橋夜泊《ふうきょうやはく》』であろう。これはことに日本人になじみ深い詩で、作者の張継《ちょうけい》はこの

一作で、忘れることのできない詩人となったのだ。

蘇州は春秋時代の呉《ご》の首都であった。一名を姑蘇《こそ》ともいう。呉は越《えつ》と死闘をくりひろげ、ついに越王句践《こうせん》にほろぼされた。亡国の詩歌の一つのテーマとなり、蘇州はその舞台とされたのである。最も有名なのは、李白の『蘇台覧古《そだいらんこ》』であろう。

旧苑　荒台　楊柳新たなり
菱歌清唱《りょうかせいしょう》　春に勝《た》えず
只今惟《ただ》有り西江の月
曽《かつ》て照らす呉王宮裏の人

天上に天堂あり、地下に蘇杭《そこう》あり。

蘇州と杭州は、地上の楽園としてならび称せられた。蘇州は絹織物産業の中心地で、富豪が輩出し、経済的な余裕が文化を繁栄させたのである。

蘇州が絹のまちであるとすれば、揚州《ようしゅう》は塩のまちであった。唐代にあっては、塩商はすなわち政商であり、豪商を意味したほどである。揚州はまた隋《ずい》代にひらかれた大運河の起点でもあり、交通の中心としても栄えた。日本の遣唐使《けんとうし》船も、揚州経由のコースをとることが多かった。

また揚州といえば、唐招提寺《とうしょうだいじ》の鑑真《がんじん》和上の故郷であり、そこの大明寺（前名法浄寺）は鑑真が住職をしていた寺であることも忘れられない。

揚州に関する唐詩といえば、李白の『黄鶴楼《こうかくろう》にて猛浩然《もうこうぜん》の広陵に之《ゆ》くを送る』が、すぐ頭にうかぶ。

故人　西のかた黄鶴楼を辞し
煙花三月　揚州に下る
孤帆《こはん》の遠影　碧空《へきくう》に尽《つ》き
唯《た》だ見る　長江の天際《てんさい》に流るるを

煙は霞《かすみ》のことである。花がすみの揚州は、さぞはなやかであったろう。隋の煬帝《ようだい》はここについて、北へ戻ろうとしなくなったほどである。当時は江都と呼ばれて、天下の副都とみなされた。

最近、隋唐《ずいとう》期の揚州城址が発掘されたが、その規模は現在の揚州市よりもはるかに大きい。唐代でも、詩人はこの地に来ると、煬帝の豪遊をしのんだものである。現在では、「栄華の夢のあと」というかんじがさらに強まっている。

此の地　曽《かつ》て翠輦《すいれんよ》過ぎる
浮雲　流水　竟《つい》に如何《いかん》
香は南国に銷《き》えて美人尽《つ》き
怨みは東風に入りて芳草多し
残柳　宮前　露葉《ろようむな》空しく
夕陽《せきよう》　江上　煙波浩《こう》たり
行人《こうじん》　遥《はる》かに起《おこ》す広陵の思い
古渡《こと》（古い渡し場）月明かにして棹歌《とうか》を聞く

これは『煬帝行宮《あんぐう》』と題する、唐の詩人劉滄《りゅうそう》の詩である。

長安を憶う

李白が猛浩然《もうこうねん》を送別した、前出の黄鶴楼は、武昌《ぶしよう》にあった。武昌に遊んだ人は、かならず黄鶴楼に登ったものである。李白も生涯になんども黄鶴楼を訪ねたようだ。夜郎《やろう》国へ流罪になったときも、武昌を経由して長沙《ちようさ》からのコースをとったらしい。そのとき、彼は『史郎中欽《しろうちゆうきん》と黄鶴楼上に笛を吹くを聴く』と題する詩をつくっている。

一たび遷客《せんきやく》（流刑の人）と為《な》って長沙に去る
西のかた長安を望めども家を見ず
黄鶴楼中　玉笛を吹く
江城五月　落梅花《らくばいか》（笛の曲名）

唐代の詩人は、なんといっても中原出身、すなわち黄河圏を故郷とする人が多かった。『唐詩選』に名のみえる詩人は百二十余人に及び、そのなかで出身地のわからない者も若干いるが、判明している者のなかで、長江圏以南の人は二十五人ほどにすぎない。もっとも、これは四川を除いてのことである。

江南で詩を詠む人たちは、どんなに江南になじんでも、異郷であるというかんじを消し去ることができなかったようだ。四川出身の李白でも、武昌の黄鶴楼に登ると、長安を望み見、なつかしんだのである。

なお黄鶴楼は武昌のシンボルのような存在であったが、一八五三年の太平天国の戦争で焼失したあと、再建されていない。仙人がそこから、黄色い鶴にまたがって、空の彼方へ去ったといういわれがあるが、その高い楼は遊子が故郷をしのぶよすがであったのだ。

鶴にのって故郷へ帰れたら、と夢想した多くの人たちの願望が、右のような伝説を生み出したのかもしれない。

遊子が望んだ長安にも、黄鶴楼に劣らぬ、巨大な大雁塔《だいがんとう》、小雁塔があった。これらの塔も長安のシンボルであったろう。シンボルというものは、それが象徴してきたものが衰えたときに、一段と深い哀愁をただよわせるようだ。晩唐の荊叔《けいしゅく》は、『慈恩の塔に題す』という五言絶句をのこしている。

漢国　山河在り
秦陵　草樹深し
暮雲　千里の色
処として心を傷《いた》めざるは無し

唐代の詩人は、朝廷を憚《はば》かるときは、唐を漢と言いかえ、歴史上のこととして詠む風習があった。たとえば、白居易の『長恨歌《ちょうごんか》』は、あきらかに、唐の玄宗と楊貴妃の物語であるのに、詩句には玄宗を「漢皇」と表現している。おなじ手法で、ここにいう漢国は唐のことにほかならない。

荊叔を晩唐の詩人と呼んだが、じつはこの人物は時代も出身も経歴もまったくわからないのである。『唐詩選』にこの一首を残しているだけなのだ。

この詩はあきらかに、杜甫の『春望』の、

国破れて山河在り
城春にして草木深し

を意識している。「漢国」と表現するだけで、すでに、「国破れて」を連想させる。したがって、杜甫以後の人であることはたしかだが、ぜんたいの衰世感からして、晩唐と推測されるのである。

長安の慈恩寺は、三蔵法師玄奘《げんじょう》が訳経事業の本部としたところで、大雁塔はこの寺の境内にある。

李白も杜甫も、ついに中原に戻ることはできなかった。だが、白居易は官位も進み、左遷されたことはあったが、まずは無事につとめあげ、洛陽で余生を送った。晩年の白居易は、とくに深く仏教に帰依したようである。彼が信仰生活の本拠としたのは、洛陽郊外の香山寺《こうざんじ》であった。

香山は一名を東山ともいい、龍門《りゅうもん》の東岸にあたる。

龍門は石窟《せっくつ》寺でその名を知られている。

四九四年、北魏《ほくぎ》は平城《へいじょう》（山西省大同《だいどう》）から、洛陽に遷都した。平城ではその近くの雲崗《うんこう》に石窟寺院をつくったが、遷都してからも、洛陽の南郊の伊水《いすい》のほとりに、石窟寺を造営しはじめた。これが龍門の石窟だが、石質が彫刻に適しているらしい。

龍門石窟の最大のものは、奉先寺《ほうせんじ》といわれるもので、唐の高宗のころに完成した。中央の盧《る》舎那仏《しやなぶつ》は武則天《ぶそくてん》のすがたをうつしたものだという。それが事実であるなら、武則天は端正な美人であったはずだ。その高さは十七メートルである。石仏と銅仏との差はあるが、奈良東大寺の大仏と、ほぼおなじ大きさということになる。この奉先寺の石仏に刺戟された遣唐使の誰かが、帰国したあと、大仏造営を進言したという説もある。

龍門の石窟は、伊水の西岸に多くつくられ、東岸のほうはすくない。白居易はこの東岸にあった香山寺で、しずかに信仰生活を送ったのだ。

老《なが》く香山に住《じゅう》せんとして初めて到る夜
秋　白月の正に円《まど》かなる時に逢う
今従《よ》りは便《すなわ》ち是れ家山《かさん》の月
試みに問う　清光は知るや知らずや

この七言絶句は、白居易がはじめて香山寺にはいったときにつくられたものである。年はもう七十近い。かつての飲み友達や、詩歌の仲間たちは、もういない。死んだり、他所へ行ったりしている。さすがに白居易も、身辺の寂莫《せきばく》が骨身にこたえたようである。彼自身も中風を病み、左足が不自由になっていた。

飲徒《いんと》　歌伴《かはん》　今何《いず》くにか在る
雨と散り雲と飛び　尽《ことごと》く廻《かえ》らず
此れ従《よ》り香山風月の夜
秖《た》だ応《まさ》に長《なが》く是れ一身にて来《きた》るべし
石盆泉《せきぼんせん》の畔《ほとり》　石楼《せきろう》の頭《ほとり》
十二年来　昼夜に遊ぶ
更に今年を過ぎなば年七十
仮如《たとい》　病《やまい》無くとも亦《ま》た宜《よろ》しく休むべし

白居易はこんなふうに、自分に言いきかせていたのである。

目をあげると、対岸の石窟寺群が見えたであろう。ただし奉先寺などは、いまは露出しているが、当時はその前方に、木造の建物が貼りつけられたようになっていたはずである。伊水の流れは、きよらかに耳にひびいたであろう。そのことを、白居易は「灘声《たんせい》」と表現している。

会昌六年（八四六）八月、七十五歳でこの世を去った白居易は、龍門の香山に葬られた。その墓を、人びとは琵琶《びわ》塚と呼んだ。すこし小高くなっていて、私も彼の墓所まで登ってみたが、琵琶の形になっていなかった。いつのまにか後方が削られて、畑になっていたからである。

南方からこのように、中原に帰ることのできた人はしあわせなのだ。帰りついたおもいを詩に表現したのは、杜常《とじょう》の『華清宮《かせいきゅう》』という七言絶句である。

行き尽す江南数十程《てい》
暁風《ぎょうふう》　残月　華清に入る
朝元閣の上《ほとり》に西風急なり
都《す》べて長楊に入りて雨声を作《な》す

華清宮は長安の東郊にある離宮で、楊貴妃がここで浴を賜わったことで名高い。いまでも温泉地であるが、唐代の名残りをとどめるのは、温泉の元湯のまえの石の台座だけであるという。そのあたりから秦の始皇帝の陵が望見できる。

長安を詠んだ詩のなかで、私が最高だとおもうのは、やはり李白の『子夜呉歌《しやごか》』の一首である。

長安一片の月
万戸　衣を擣《う》つ声
秋風　吹いて尽きず
総《す》べて是れ玉関《ぎよくかん》の情
何《いず》れの日か胡虜を平らげて
良人　遠征を罷《や》めん

長安は国都であったから、政治や軍事にはきわめて敏感である。玉関の情というから、玉《ぎょく》門関《もんかん》を出て、西域の戦事に従う出征兵士の妻の心をうたったものであろう。

この有名な詩と関連して、もう一首の忘れることのできない詩があった。王維《おうい》の『元二の安《あん》西《せい》に使するを送る』である。

渭城《いじょう》の朝雨　軽塵をうるおし
客舎青々　柳色新たなり
君に勧《すす》む更に尽せ一杯の酒
西のかた陽関《ようかん》を出ずれば故人無からん

唐の安西都護府《とごふ》は、はじめトルファン盆地にあり、のちクチャ方面に移された。いずれにしても、長安から見れば、気が遠くなるほど遠い。

最後の句を三回くり返してうたうのが、中国では送別のしきたりとなった。それを「陽関三畳」という。

玉門関の南にあるのが陽関で、唐初はこのあたりが国境であったが、太宗《たいそう》の高昌《こうしょう》遠征によって、唐の版図は西域にひろがった。けれども、西域の領有は安定していたわけではない。戦争のたえまがなく、留守宅の婦人が涙を流して、長安一片の月を仰ぎ見ることになったのである。

辺塞に歌う

送別の詩は、すでに人の心をうごかす。すでに西域にむかった兵士たちをうたう詩は、それ以上に人びとを感動させる。王翰《おうかん》の『涼州詞《りょうしゅうし》』は、これから戦場に出ようとする兵士をえがく。

葡萄《ぶどう》の美酒　夜光の杯
飲まんと欲すれば、琵琶《びわ》馬上に催《もよ》おす
酔《よ》うて沙場《さじょう》に臥すとも君笑うこと莫《なか》れ
古来　征戦　幾人《いくたり》か回《かえ》る

この一作によって、王翰は「辺塞詩人《へんさいしじん》」に分類されるようになったが、彼はじっさいには塞《さい》外《がい》に出たことはない。頭のなかで、その情景をえがいて詩をつくったのである。これに対して、岑参《しんじん》はじっさいに安西《あんせい》節度使の掌書記となり、西域の戦争に従軍したので、体験による作詩であった。

馬を走らせて西へ来たり天に到らんと欲す
家を辞してより月の両回円《りょうかいまど》からなるを見る
今夜は知らず何処《いずこ》にか宿《やど》せん
平沙万里　人煙絶ゆ

これは『磧中の作《せきちゅう》』と題される詩である。磧とはゴビを意味する。石ころの多い砂漠のことであり、砂だらけの砂漠よりも荒涼としたかんじが強い。

トルファン盆地の夏の暑さは格別である。連日、四十度をこえる。一木一草もなく、肌の赤い山は、縦に浸蝕の筋がはいり、かげろうでももえていると、まるで火焔のようである。天山《てんざん》の山なみが張り出して、トルファン盆地の北縁になっている山塊を、いまでも人びとは、火焔山と呼ぶ。岑参はこれを「火山」と表現している。『火山を経たり』と題する詩にいう。

火山　今始めて見たり
突兀《とっこつ》たり蒲昌《ほしょう》（地名）の東
赤焔は虜雲を焼き
炎氛《えんふん》は寒空《かんくう》を蒸《む》す

劉判官が磧西に赴くのを送った詩にも、この火山があらわれる。

火山　五月　行人少《まれ》なり
看《み》る君が馬去りて疾《はや》きこと鳥の如くなるを
都護の行営《あんえい》　太白の西
角声《かくせい》一たび動いて胡天暁なり

角声は塞外民族の吹く角笛《つのぶえ》で、これはものがなしい調べであったという。塞外詩には、しばしばこの角声があらわれる。それが長安市内の「衣を擣《う》つ声」と対応しているような気がしてならない。ともあれ、塞外詩は勇ましいものよりも、哀愁を帯びた作品のほうが多い。

成都で杜甫を援助した高適《こうせき》も、塞外詩人にかぞえられている。岑参のように玉門関《ぎょくもんかん》をこえて西域の地へ行ったことはないが、河西《かせい》節度使の掌書記として、甘粛《かんしゅく》にいたことがあった。その地はすでに塞外の雰囲気をもっていたといってよい。またのちには、蜀州《しょくしゅう》刺史や成都尹《いん》（市長）を歴任したあと、西川《せいせん》節度使として、軍隊を指揮したこともある。頭のなかだけの塞外詩人ではない。『塞上にて笛を吹くを聞く』という絶句は、塞外詩のなかでもすぐれたものの一つである。

雪は浄《きよ》く胡天　馬を牧して還《かえ》る
月は明らかに羌笛《きょうてき》　戍楼《じゅろう》の間《かん》
借問す梅花　何処《いずこ》より落つる
風吹いて一夜《いちや》関山に満つ

羌笛《きょうてき》とはチベット族の楽器で、おそらく角笛であろう。笛の曲名に「梅花落」というのがあり、それにかけたものである。このような手法は、李白の黄鶴楼中の玉笛とおなじだが、どちらもただのことばの遊戯に終わっているのではない。詩のなかに音楽がはいりこんでいる。「梅花落」の曲は、現在、復原されているかどうか知らないが、当時にあっては、誰もが知っていたものであろう。この詩を読む人には、その曲が連想されたはずだ。

異色の詩人たち

日本人が唐詩に親しんだのは、平安時代から『白氏文集』、そして江戸期以降は『唐詩選』によってであった。

『唐詩選』は、明《みん》の中葉（十六世紀後半）の古典主義文学運動の中心的人物である李攀龍《りはんりょう》（一五一四〜一五七〇）によって編纂《へんさん》されたという。李攀龍は「詩は必ず盛唐《せいとう》」という文学観をもっていたので、『唐詩選』は盛唐の詩に偏重している。

日本ではこの『唐詩選』が、江戸時代から現在にいたるまで、よく読まれている。けれども、中国では一時期読まれただけで、清《しん》代以降、あまりかえりみられなくなった。その理由は、明末から清初にかけて、過度に極端な古典主義が批判を受けるようになったことと、『唐詩選』は李攀龍が編者とされていたが、どうもそうではないらしいとわかったことなどによる。

『唐詩選』は、李攀龍の死の直後に、書店にあらわれたが、版元が売れ行きをよくするために、大文豪の名をかたったのが真相である。この本の序文が、李攀龍がほかのところで唐詩について書いた文章を勝手に抜き出したことも考証されている。

編者についても問題があるが、選ばれた唐詩はべつに改竄《かいざん》されたものではなく、字句についてはなんの問題もない。盛唐至上主義の李攀龍の名をかたっただけあって、『唐詩選』はそれらしく、盛唐詩を中心にしたえらび方をしている。

中唐の大詩人である韓愈《かんゆ》の作品が、わずか一首しか収められていない。それとならぶ白居易の作品のごときは、一首も選ばれていないのである。幸い日本では、古くから『白氏文集』が読まれていたので、『唐詩選』の偏向がしぜんに訂正されることになっていた。

鬼才と謳《うた》われた李賀《りが》や杜牧《とぼく》の作品も、『唐詩選』に収録されていない。李賀の『将進酒《しょうしんしゅ》』（酒をすすめる）は、『古文真宝』に収められているので、すこしは日本の読書人に親しまれたようだ。これは芥川龍之介も愛誦したといわれている。

琉璃《るり》の鍾《さかずき》
琥珀《こはく》濃し
小槽《しょうそう》　酒滴《したた》って真珠紅《くれない》なり

龍を烹《に》　鳳を炮《あぶ》りて玉脂《ぎょくし》泣く
羅屏《らへい》（絹の屏風）繍幕《しゅうばく》（刺繍をほどこした幕）、香風を囲《かこ》む
龍笛を吹き
鼉鼓《だこ》（ワニ皮の太鼓）を撃《う》つ
皓歯《こうし》（白く光る歯）歌い
細腰《さいよう》舞う
況《いわ》んや青春　日将《まさ》に暮れんとし
桃花乱落《らんらく》して紅雨の如し
君に勧《すす》む　終日　酩酊《めいてい》して酔え
酒は到らず劉伶墳上《りゅうれいふんじょう》の土

劉伶は晋《しん》代の竹林《ちくりん》の七賢の一人で、『酒徳頌《しょう》』という文章をつくったほどの酒好きであった。そんな劉伶でさえ、その墓にまでは酒はやってこなかった、というのだ。

李賀は想像力の豊かな詩人で、中国文学史上、特異な人物として知られている。リアリストの多い中国の文人のなかで、彼は極端なロマンティストで、現実よりも超自然的なものに心を

惹かれる傾向があった。また色彩感が豊かで、前出の詩でも、琥珀や紅の真珠、白い歯、紅雨となって乱落する桃花と、えがき出す世界もカラフルである。『残糸の曲』と題する詩も傑作であろう。

垂楊《すいよう》（しだれやなぎ）葉老い　鶯《うぐいす》児を哺《はぐく》む
残糸断えんと欲し　黄蜂《こうほう》帰る
緑鬢《りょくびん》の少年　金釵《きんさ》（金のかんざし）の客
縹粉《ひょうふん》（淡青の粉）の壺中に琥珀《こはく》沈む
花台　暮れんと欲して春辞し去り
落花起《た》ちて作《な》す廻風の舞《まい》
楡莢《ゆきょう》（にれの実）相催《あいもよ》おして数を知らず
沈郎青銭《しんろうせいせん》　城路を夾《さしはさ》む

晋の沈充《しんじゅう》が鋳造した小型の青銅銭は、その形も色も、にれの実に似ていたようだ。そのような奔放な想像による形容のほかに、この詩にも豊富な色彩がある。墨絵の世界を志向する傾向のある中国の詩文のなかでは、李賀は際立った存在といわねばならない。

李賀は徳宗の貞元七年（七九二）に生まれ、二十七歳の若さで死んだ天才詩人である。杜甫とは血縁関係があったようだ。洛陽の西の昌谷《しょうこく》で生まれ、その短い生涯に、洛陽と長安のほか、遠くに遊んだことはなかった。

洛陽の郊外で、先輩の皇甫湜《こうほしょく》と別れるとき、李賀はつぎのような詩をつくった。

洛陽　別風《べっぷう》（別離の風）吹き
龍門《りゅうもん》　断煙起る
冬樹　生渋《せいじゅう》（とげとげしたさま）を束《つか》ね
晩紫　華天に凝《こ》る
単身　野霜の上
疲馬《ひば》　飛蓬《ひほう》の間
軒に凭《よ》る一双《いっそう》の涙
奉墜《ほうつい》す緑衣の前

李賀を敬愛した晩唐の李商隠《りしょういん》は、『李賀小伝』を書き、そのなかで李賀の容貌を、痩《や》せたからだで、眉が濃く、爪が長かったと述べている。

李商隠は元和七年（八一二）に生まれたというから、彼が五歳のときに李賀が死んだことになる。耽美《たんび》派的傾向のあった李商隠が、李賀に惹かれるのはとうぜんであろうが、この傾向はまた晩唐の気風ともつながりがあるだろう。

李商隠は大中元年（八四七）、桂州《けいしゅう》刺史となった鄭亜《ていあ》に随行して桂林《けいりん》へ行き、掌書記となった。三十六歳のときで、白居易の死の翌年のことである。彼はそこで、『桂林』と題する詩をつくっている。広西《こうせい》の辺地にあった桂林は、唐代ではあまり人の訪れない土地で、詩の題材となることもまれであった。

城は窄《せま》く　山は将《まさ》に圧《あっ》せんとし
江は寛《ひろ》く　地　共《とも》に浮かぶ
東南　絶域に通じ
西北　高楼有り
神は護《まも》る青楓の岸

龍は移る白石の湫《いけ》
殊郷《しゅきょう》（異郷の人）竟《はた》して何をか禱《いの》る
簫鼓《しょうこ》　曽《かつ》て休《や》まず

長安の西南に楽遊原《らくゆうげん》という行楽地があった。李商隠はそこで五言絶句をつくった。それには晩唐の雰囲気がよくあらわれている。

晩《くれ》に向《なんな》んとして意適《こころかな》わず
車を駆《か》りて古原《こげん》に登る
夕陽　無限に好し
只だ是れ黄昏《こうこん》に近し

意適わず、というのは理由のない苛立《いらだ》ちを意味する。理由がわかっておれば、それに対処する心構えもできようが、とらえどころのないものなので、不安で仕方がない。それをふり払おうとして、楽遊原に車を走らせたのであろう。そこでは夕陽がすばらしい眺めであった。

だが、それはやがてたそがれて行くまでの、ごく短いあいだのみごとさにすぎない。盛唐のおおらかな時代のムードは、もはやここには認められない。時代は退廃し、人びとは漠然とした不安をかんじている。ことに敏感な詩人の感覚は、時代の流れを心情的にとらえていたのだ。滔々《とうとう》たる唐詩の大河に、ひっそりと流れこむ細流がある。見すごされやすいが、それもそのはずで、世を避けて、深山《しんざん》に隠遁《いんとん》している隠者たちの、ひそやかな声なのだ。浙江《せっこう》省天台山《てんだいさん》などは、隠者の住居として知られていた。

隠者の詩としては、寒山《かんざん》詩三百余篇が伝わっている。寒山というのは特定の人間ではないだろう。かりに寒山、拾得《じっとく》といわれる人がいたとしても、現存する寒山詩は、彼の個人的な作品ではなく、複数の隠者のものであるにちがいない。隠者が詩をつくると、それを寒山に仮託したのであろう。個人の名をもって作品を発表すること自体、隠者らしからぬことである。

人は寒山の道を問《と》うも
寒山には路通ぜず
夏天《かてん》にも氷未だ釈《と》けず
日出ずるも霧は朦々《もうもう》たり

我に似るも何に由《よ》りてか届《いた》らん
君と心は同じからず
君が心若《も》し我に似たれば
還《ま》た其の中に到るを得ん

道教的なにおいもあるが、仏教色もだいぶ強い。そのころおこりはじめた南宗禅の声と解釈すべきかもしれない。天台山にかぎらず各地の名山には、おなじような隠者が身をひそめ、世の名利に背をむけていたのだろう。

西遊記の旅

『西遊記《さいゆうき》』は、明《みん》代の長篇怪奇小説。呉承恩《ごしょうおん》の作とされる。

初唐の高僧玄奘《げんじょう》は、国禁を犯して、長安《ちょうあん》を出、天山《てんざん》南路を通り、北インドにはいる。十六年間にわたる旅行と修行のすえ、数多くの仏典を持ちかえった。かれの大業は民間にもひろまり、法師が出会う苦難は神秘にいろどられ、空想がふくれあがり、通俗的な伝説として発展した。元《げん》代にはたびたび雑劇《ざつげき》に取りあげられ、孫悟空《そんごくう》の乱暴だが無邪気で率直、奔放な性格は庶民に愛された。明代になって、ユーモアある文章で、幻想、優美な一大ロマンにまとめあげられた。動物の姿をかりて人間社会の矛盾をあばき、世俗を徹底して諷刺した。

玄奘西域行ルート

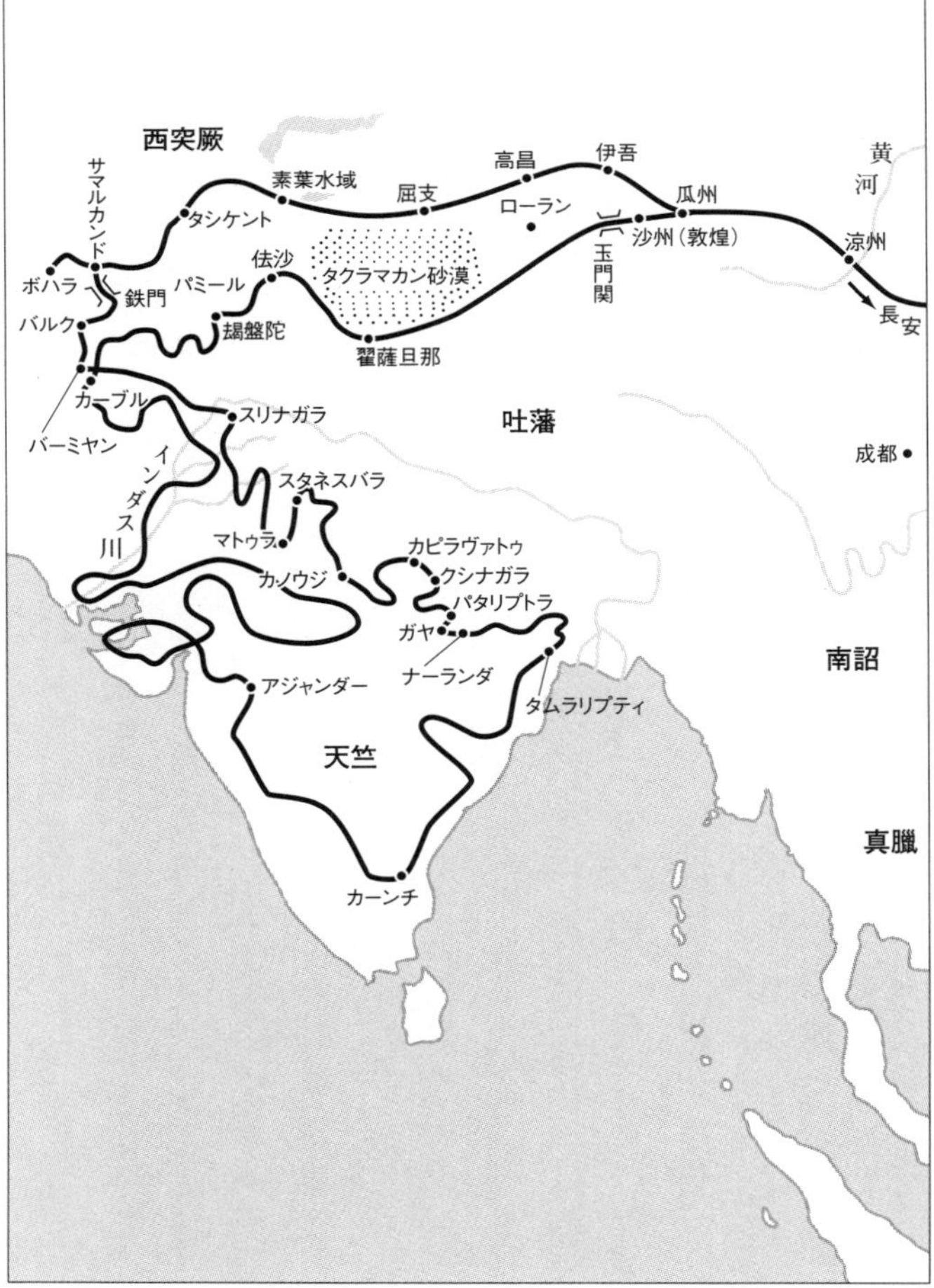
西突厥
サマルカンド
素葉水域
屈支
高昌
伊吾
黄河
瓜州
ローラン
タシケント
沙州(敦煌)
玉門関
涼州
佉沙
パミール
タクラマカン砂漠
ボハラ
鉄門
バルク
朅盤陀
長安
翟薩旦那
カーブル
スリナガラ
吐蕃
バーミヤン
インダス川
成都
スタネスバラ
マトゥラ
カピラヴァトゥ
カノウジ
クシナガラ
パタリプトラ
ガヤ
ナーランダ
南詔
アジャンダー
タムラリプティ
天竺
真臘
カーンチ

孫悟空の誕生

孫悟空が活躍する『西遊記』ほど、中国の民衆に親しまれた物語はすくないであろう。その作者は明の呉承恩（推定一五〇〇～一五八二）であるが、三蔵法師《さんぞうほうし》が天竺《てんじく》へ経文を取りに行く物語は、それ以前にもあったようだ。げんにその断片が現存している。ぜんぶがぜんぶ、呉承恩の頭脳からつくり出されたのではない。

福建省《ふくけんしょう》泉州市《せんしゅうし》にある開元寺《かいげんじ》の塔に、孫悟空とおぼしい人物（？）の彫刻がある。頭部はあきらかに猿であり、左手に大刀を握り、右手を胸にあて、腰にさげているのは『孔雀王経《くじゃくおうきょう》』であるという。開元寺は唐の開元年間（七一三～七四一）、各地に建立され開元寺と命名された寺院の一つであった。ただし、現存の泉州開元寺は、後世なんども再建、修復され、創建当時のものは、壁に割りこむようにのびている桑の木だけといわれている。

この寺が有名なのは、東西に二つの塔があり、それぞれ四十数メートルの高さをもち、そのすがた優雅なことによってである。孫悟空らしい彫刻は西塔にあり、その創建は、南宋《なんそう》の嘉熙《かき》元年（一二三七）と、はっきりわかっている。呉承恩が、『西遊記』を書く三百年ほど前に、すでに猿の行者《ぎようじや》は存在していたのだ。

『朴通事諺解《ぼくつうじげんかい》』という本がある。年代ははっきりわからないが、中国の元《げん》代に、朝鮮の人が中国語を学習するテキスト『朴通事』に朝鮮語で発音や訳解をつけたものだった。当時、権威のあった会話教科書であろう。それには、つぎのような会話例がのっている。

――何の本を買いますか？
――趙太祖飛龍記と、唐三蔵西遊記を買いましょう。
――買うのなら四書や六経がよい。孔子《こうし》の書を読めば、周公の理を明らかにすることができる。そんな「平話《へいわ》」など何になるのか。
――西遊記は熱鬧《ねつどう》（にぎやか）で、退屈なときに読むのによろしい。

この会話によっても、呉承恩よりも前の時代に、すでに『唐三蔵西遊記』という本があったことがわかる。そして、それは「平話」（わかりやすい物語）と呼ばれて、インテリに軽蔑されていたことが、察せられる。

おそらく講談を筆記したものであろう。北宋《ほくそう》から南宋にかけて、盛り場での講釈が大流行している。

北宋がほろびたあと、北宋のみやこ東京《とうけい》（開封《かいほう》）をしのんで書かれた『東京夢華録《とうけいむかろく》』を読むと、五十余の勾欄《こうらん》（演劇小屋）があり、大きいのは数千人を収容したとある。同書には尹常売《いんじょうばい》という者が五代史を語ったとあるが、これは講釈師にちがいない。「説三分」という職業もあった。三分とは天下三分の計のことで、三国志を語ることにほかならない。盛り場だけではなく、寺院もおおぜいの人を集めて説教をしたものである。開宝寺、仁王寺などでは、僧侶が獅子《しし》の上に坐って法を説いたという。もちろん生きている獅子ではなく、獅子をかたどった台座であった。

わが孫悟空が生まれたのは、盛り場と寺院との双方であろうとおもわれる。

小屋での講釈は、おもしろくなければ、客をつなぎとめることができない。商売であるから、話の筋や話術に気を配ったであろう。おもしろいという評判が立てば、客はたくさん来るのである。客の反応をみて、受けなかったところは省略し、受けたところはより磨きをかけたはずだ。寺院での説教も、やはりおもしろくなければ、善男善女は居眠りしてしまう。法話にも工夫を凝《こ》らねばならなかったのだ。

私の想像では、西遊記ははじめお寺で語られたとおもう。三蔵法師が、艱難辛苦の末に、インドからありがたいお経を持って帰る話は、お寺としては恰好のテーマであったのだ。さまざまな苦労談が、妖怪変化をつくり出し、それにうちかつスーパーマン的な従者孫悟空が誕生したのだろう。泉州開元寺西塔の彫刻は、孫悟空の誕生地がお寺であることを物語っているようだ。


お寺での話があまりにもおもしろくなりすぎて、商売になるというので、盛り場の寄席に進出したのではあるまいか。

商売で話をする人は、前述したように、客の反応に敏感である。言いかえると、客の好む物語に仕立てる傾向があるだろう。主人公もそうである。とすれば、孫悟空は当時の庶民が生み出した一種のスーパースターであったともいえる。

本来なら、西遊記の主人公は玄奘《げんじょう》三蔵でなければならない。けれども、玄奘は実在の人物であったし、高僧といわれる彼が、妖怪退治に武器をふりまわす場面など、講釈師や物語作家も遠慮したのであろう。西遊記にかんするかぎり、玄奘は影の薄い存在となっているようだ。

なにかあると、おろおろして、弟子の孫悟空たちに助けられて、やっと危機を脱する始末である。

だが、ほんものの玄奘は、強靱《きょうじん》な意思をもった、颯爽《さっそう》とした人物であったのだ。仏教の学問にかんしては、当代、ならぶ者のない天才児であった。精神も肉体も、ともにすぐれた美丈夫で、彼に会った人は、たいてい惚れこんでしまったものだ。

当時、唐の仏教界では、仏法を深く研究すればするほど、わからないことが増えるといった状態であった。

南北朝時代、南も北も、仏教は政策的に保護されていた。ことに北方は、いわゆる五胡《ご》十六国《こじゅうろっこく》といって、多民族国家の観を呈していたので、なにかで国をまとめる必要があった。民族を越えた宗教として、仏教はその役割を課せられたのである。そのような仏教には脆い面があったのだ。本格的に研究してみると、疑問百出ということになったのである。疑問が出るというのは、仏教の経典が一部しか伝来していないためだった。疑問を解くためには、仏教の源泉であるインドへ行き、研究し、そしてできるだけ多くの経典を持って帰らねばならない。

そんなことを考えたのは、なにも玄奘一人だけではなかった。インドへ行こうとした同志はすくなくなかったのである。彼らは連名で、政府に出国願いを出した。けれども、建国まもない唐の朝廷は、国境が不安定であるので、国人が出国するのを禁じていた。僧侶といえども、例外は認められなかったのである。出国願いが却下されると、インド留学志望の僧たちは、みんなあきらめてしまった。ただ一人、あきらめなかったのが、若き玄奘だったのである。

玄奘の生年については、隋の開皇二十年（六〇〇）と仁寿二年（六〇二）の両説がある。彼がインドへ旅立ったのは、貞観《じょうがん》三年（六二九）であり、彼はまだ二十代後半の若い僧であった。出国の許可はないので、彼のインド行きが、密出国であったのはいうまでもない。

玄奘三蔵の旅立ち

『西遊記』では、玄奘は唐の太宗《たいそう》と義兄弟となり、太宗からパスポートをもらい、盛大に見送られて長安《ちょうあん》を発つことになっている。そして、出発は貞観十三年としているが、これはじっさいより十年遅い。作者の呉承恩は、ここはわざと年代を変えたのであろう。

——この物語は、すべてフィクションですよ。

ということを、これによって示したにちがいない。また西遊記は第百回の玄奘帰国のくだりの年代を、貞観二十七年であるとしている。太宗は貞観二十三年に死に、翌年は永徽《えいき》と改元された。貞観二十七年という年はなかったのである。呉承恩は科挙《かきょ》には及第しなかったというが、その作品からみると、なかなかの学者で、すくなくとも、『資治通鑑《しじつがん》』は座右に置いていたにちがいないので、貞観に二十七年がなかったことぐらい知っていたはずだ。存在しなかった年代を、れいれいしくかかげたのは、やはり虚構であることの強調としか考えられない。

フィクションであることを、このように念を押しながら、玄奘や太宗といった実在の人物を登場させ、金山寺《きんざんじ》や相国寺《そうこくじ》といった実在の寺院を出している。

西遊記では、玄奘は鎮江《ちんこう》金山寺の和尚に拾われて育てられた、とある。じっさいの玄奘は親も兄弟もいて、次兄とともに洛陽の浄土寺で、『涅槃経《ねはんぎょう》』や『摂大乗論《せつだいじょうろん》』を学んだのだ。おそらく、知名度の高い金山寺を出したほうが、寄席の客がおもしろがったからであろう。

金山寺は『白蛇伝《はくじゃでん》』の舞台として有名であった。上田秋成《うえだあきなり》がそれをもとにして、『雨月《うげつ》物語』のなかに「蛇性の婬《いん》」を書いたので、日本でもこの物語はなじみが深い。金山寺の法海禅師が、許仙という男を自分の寺にかくした。なぜなら許仙の妻が白蛇の精であったからなのだ。白蛇の精は、夫をとり戻しに金山寺にむかう。これは京劇の『水漫金山《すいまんきんざん》』という名場面である。白蛇の精は、法海によって鉢《はち》のなかに閉じこめられ、そのうえに建てられた鎮護の塔が、西湖《せいこ》のほとりの雷峰塔であったという。雷峰塔は一九二四年に倒壊した。魯迅《ろじん》は法海がよけいな世話をやいて、夫婦仲をさいたのだとして、雷峰塔が倒壊したとき、「いい気味だ」と書いている。

鑑真和上《がんじんわじょう》里帰りのお伴をしたとき、私は鎮江から対岸の揚州へ渡るフェリーを待つあいだ、金山寺を遠くから眺めた。浮玉寺という別名があるように、むかしは揚子江上に浮かぶ島であったが、いまは陸つづきになっている。日本では、金山寺味噌というたべもので、この寺の名前がなじまれている。

西遊記の作者は、架空の物語に、実在の人名や地名を挿入して、読者を惹《ひ》きつける手法を用いているが、おなじ手法は、現代作家によっても、しばしば活用されている。

太宗がいったん冥府《めいふ》へ行き、二十年命を延ばしてもらって生き返り、その謝礼として、開封《かいほう》に相国寺《しょうこくじ》を建てた、と西遊記にしるされているが、これもフィクションである。相国寺は唐よりも前の北斉天保六年（五五五）の創建で、もと建国寺と称していたのを、唐代になってから相国寺と改名したものだった。フィクションのなかに、じつに気ままに実名をちりばめているのだ。

太宗は名君の代表とされている人物であった。彼の治世は「貞観《じょうがん》の治《ち》」といって、よく治まった理想の時代といわれている。その太宗がいったん地獄に堕ちて、またよみがえったという話は、おそらく呉承恩以前にも、民間で語りつがれていたのだろう。名君といわれているが、太宗は即位のまえに、兄と弟を殺している。玄武門のクーデターである。そして、父の高祖を退位させるという、強引なことをした。どんなに名君の評判が高くても、庶民は太宗の暗い過去を忘れなかったのであろう。いちど地獄に堕ちたという伝承は、太宗の所業にたいして、庶民がくだした一種の懲罰かもしれない。

玄奘の弟子の慧立《えりゅう》と彦淙《げんそう》とが書いた『大慈恩寺三蔵法師伝』によれば、玄奘の旅立ちは貞観三年八月となっている。長安から秦州《しんしゅう》に帰る僧侶と同行して、ひそかに出発したのである。太宗は見送りどころか、玄奘という僧侶の名さえ知るはずはなかった。突厥《とっけつ》の頡利可汗《きつりかかん》から、はじめて臣と称して使者が来たので、突厥問題で多忙をきわめていたにちがいない。

玄奘は秦州で同行の僧侶と別れたが、そこから蘭州《らんしゅう》へ行く人がいたので、それと同行して西へむかった。蘭州に着くと、涼州《りょうしゅう》から官馬を連れて来た人が、涼州に帰るというので、その人と同行して、さらに西へむかった。こんなふうに、玄奘はそのときそのときの縁をたどって、旅をつづけたのである。涼州では都督《ととく》から長安に帰るように命じられたが、恵威《えい》という僧侶の厚意で、極秘裡に涼州を脱出することができた。大手を振って旅行できる身ではない。

——昼伏夜行。遂に瓜州《かしゅう》に至る。

と、三蔵法師伝にある。昼は休んで、夜間に旅をしたということだ。瓜州にはすでに指名手配がまわっていた。州吏の李昌《りしょう》は玄奘の目のまえで、その指名手配書を破りすててしまう。李昌は熱心な仏教信者であった。

玄奘はこのような「仏縁」によって、インドまで旅をしたのである。

神々とのたたかい

天竺へ経典を取りに行く玄奘三蔵の物語といえば、仏教というふとい筋が、そこに通っていなければならない。けれども、西遊記はかならずしも、その筋がまっすぐに通っていないようだ。道教的な要素があまりにも濃厚である。

道教では老子を太上老君《たいじょうろうくん》とあがめているが、道教イコール老子荘子ではない。老荘の徒をむかしから道家《どうか》というが、これは思想や生き方にかかわるもので、道教は民間信仰として区別すべきであろう。

西遊記では玉帝《ぎょくてい》や西王母《せいおうぼ》といった、道教系民間信仰の神々が登場し、それが仏教の釈迦如《しゃかにょ》来《らい》や観音とまじり合っている。むしろ前者のほうが主調といってよい。

石から生まれた孫悟空の故郷は、東勝神州《とうしょうしんしゅう》の傲来《ごうらい》国花果山《かかざん》ということになっている。仏典では須弥山《しゅみせん》の東にある大洲を「東勝身洲」と呼ぶが、「神」と「身」とは、うっかりまちがえたのか、それともわざと書きかえたのかわからない。ともあれ、きわめて仏教色の濃い名称である。ところが、そのつぎの傲来《ごうらい》というのは、じつは泰山《たいざん》のなかの一つの峰の名なのだ。泰山は、太古、天子が封禅《ほうぜん》をおこなった名山で、その山頂を玉皇頂と呼ぶことでもわかるように、道教臭がきわめて強い。

傲来峰は玉皇頂の西南にあたり、その手前、扇子崖《せんしがい》と芙蓉峰《ふようほう》のあいだに、西百丈崖と呼ばれる斜面があり、そこを流れおりる水は黒龍潭《こくりゅうたん》に吸いこまれる。黒龍潭のすこし上流に、長寿橋があり、私はその橋の上に立って南天門を仰ぎ、仙界を望むかんじがしたことをおぼえている。

黒龍潭のすこし下流には龍潭水庫《ダム》がつくられ、そのそばに馮玉祥《ふうぎょくしょう》（一八八二〜一九四八）の墓があったりして、仙界からいきなり近代史にひき戻されるおもいがした。

江蘇《こうそ》省北部の連雲港《れんうんこう》の近くに、花果山という山があるそうだが、泰山のほうでも、花果山水《すい》簾洞《れんどう》は、こちらが本家だと主張しているようだ。私は福建省のウーロン茶の産地である武夷山を訪れたとき、山中に水簾洞と名乗るところがあって、驚いたことがある。洞窟の前方を水が薄い膜のように流れおりていると、水のスダレのかんじがして、水簾洞という名をつけたくなるのであろう。ほかにも、浙江、四川、広東、陝西、湖南などに、おなじ水簾洞の名をもつ場所があるそうだ。

泰山の山頂には玉皇廟《びょう》があり、これは道教の最高神の玉皇（玉帝）を祀ったものであることはいうまでもない。けれども、土地の人間は、泰山の神は玉皇頂のすこし下の碧霞祠《へきかし》に祠られていると信じている。それが東嶽《とうがく》大帝の娘で、碧霞元君《へきかげんくん》という女神なのだ。もっと麓に近いところにも、斗母宮《とぼきゅう》という広い廟があった。

聖山といえば、すぐに女人禁制などをやりたがるが、泰山については、参詣者はむしろ女性が多い。泰山のまつりは、毎年旧暦三月二十八日で、土地の人は「娘々生《ニャンニャンション》」（女神の誕生日）と呼んでいる。私は一九八〇年の五月十一日に泰山に登ったが、偶然、旧暦三月二十八日にあたっていた。登山者の三分の二は女性で、雨中であったのに、それも老婆が多かったのは意外であった。明《みん》代の随筆集である『五雑俎《ござつそ》』には、聖なる山が女に乗っ取られていることを歎き、

——其の倒置《とうち》、亦《ま》た甚《はなは》だしいかな。

と記されている。私はこの現象は、西王母《せいおうぼ》信仰と関係があるようにおもう。

西王母は神話学者にいわせると、女神であったかどうかわからないらしい。蓬髪《ほうはつ》で、虎《とら》の牙《きば》

と、長い豹《ひょう》の尾をもち、よく嘯《うそぶ》いた神であるという。疫病神であるが、疫病神は同時に不老不死の薬をもつ、治療神でもあったのだ。

西王母は瑤池《ようち》のほとりで、蟠桃《ばんとう》勝会《しょうえ》というパーティーをひらき、孫悟空はそれに招かれなかったので、大いに怒り、天界で大暴れしたのである。蟠桃という扁平な桃が、不老不死の薬とおもわれたのであろう。おもにそれを食べる大宴会は、天界でも重要な行事であって、出席者は厳選された。孫悟空のような、粗野で、マナーを知らない者は、とうぜん選からもれたのである。

このときの悟空の大暴れは、京劇で「大鬧天宮《だいどうてんぐう》」と呼ばれる名場面である。悟空は猿の大群を率いて戦い、玉帝の命令でこれをとりおさえにむかったのが、ほかならぬ二郎真君《じろうしんくん》であった。西遊記では、玉帝の妹が出奔して、下界の男と同棲し、生まれたのが二郎真君であるとしている。

二郎真君は実在の人物である。戦国末期、秦《しん》の孝文王（紀元前二五〇）のころ、蜀郡《しょくぐん》太守をつとめていた李冰《りひょう》が、息子とともにこの地方の治水工事をおこなった。息子の名が李二郎であったのだ。成都《せいと》西北五十キロほどのところにある灌《かん》県の都江堰《とこうえん》は、李父子がひらいたものである。このおかげで、土地の人たちは大きな恩恵を受けた。司馬遷も『史記』の「河渠書《かきょしょ》」のな

かで、

——百姓、其の利を饗《う》く。

と、李父子の功績をたたえた。

一九七四年、このあたりから、石彫の人物像が出土した。三メートル近い巨像で、重さ四・五トンもある。背面に蜀守李冰《しょくしゅりひょう》の文字が読みとれ、また後漢の建寧元年（一六八）の記念銘もあった。恩恵を受けた土地の人たちが、早くから李父子を祀《まつ》ったのであろう。岷江《びんこう》の河岸の玉塁山に、その雄姿をみせている「二王廟」は、李父子を祀ったもので、創建は斉の建武元年（四九四）で、もとは崇徳廟と称していたそうだ。宋代に李父子が朝廷から王に追封されてから、二王廟と呼ぶようになった。

李父子が治水工事によって、もとの岸から切りはなして、川中島のようになった部分は「離《り》堆《たい》」と呼ばれ、そこに「伏龍観」という廟が建っている。李父子は治水をおこなうにあたって、龍を降したといわれていた。前記の新出土の巨像は、現在、この伏龍観に安置されている。

生前、大功があり、死後、神に祀られた李二郎が、孫悟空退治に動員され、ついにこの乱暴猿をひっとらえた。ところが、孫悟空の処刑がたいへんであった。首を刎《は》ねようとしても、刀が折れてしまう。斧《おの》で脳天を叩き割ろうとしても、刃がぼろぼろにかけた。槍で胸をつくと、穂先が飴のようにまがる。仕方がないので、八卦炉《はつけろ》のなかにいれ、四十九日のあいだ火をいれて焼き殺すことにした。ところが、孫悟空はこの八卦炉を蹴とばして脱出し、再び天界を舞台に、得意の大乱闘を演じたのである。

道教の玉帝も、この乱暴者には匙を投げ、西方へ使者を派遣して、仏教の釈迦如来《しやかにょらい》の応援をもとめた。釈迦如来は悟空を五行山《ごぎょうざん》のなかにとじこめた。悟空は自然の石牢のなかに五百年間とじこめられ、通りかかった三蔵法師に救出され、家来となって天竺へ行くことになったのである。

西域を行く

西王母の瑤池は、泰山の王母池がそれだという説があるが、泰山は東嶽であり、西王母の西という文字にそぐわない。新疆《しんきょう》ウイグル自治区ウルムチ市郊外に、天山山脈の一つであるボグド・オラという山があり、その山中に天池と呼ばれる大きな池がある。誰が言い出したのか、この天池こそ西王母の瑤池にほかならないということになった。

ウルムチから車で二時間ほどの場所である。ボグド・オラは「秀山」と呼ばれ、標高五千四百四十五メートルだが、天池は約二千メートルのあたりに位置する。私は九月のはじめにそこへ行ったが、ときどき小雨が降り、解放軍の大衣（オーバー）を借りて着たことをおぼえている。

天池はひろい湖だが、そのすこし下に小さな池があった。言い伝えによると、西王母は天池で行水をつかい、その下の池で足を洗ったのだという。なかなかユーモラスな着想である。

玄奘三蔵はこのあたりは通っていない。彼はひそかに玉門関を越え、案内の胡人とともに前進した。けれども、その胡人はおそろしくなって、もう帰ろうと言い出したのである。土地の人でさえ、おそれるのだから、前途の困難はなみたいていなものではない。玄奘はその胡人を帰らせたので、たった一人で旅をつづけることになった。

八百余里の莫賀延磧《ばくがえんせき》を越えるが、空には飛ぶ鳥もなく、地上には走る獣もない。人びとはここを沙河《さが》と呼んでいた。玄奘は心に『般若心経《はんにやしんぎよう》』を念じながら、馬の手綱をとって進んだのである。

――夜は則ち妖魑《ようち》の火を挙ぐること爛《らん》として繁星《はんせい》(星群)の若《ごと》く、昼は則ち驚風の沙《すな》を擁して散ずること時雨の如し。

というおそろしさであった。玄奘を悩ませたのは、おそろしさではなく、渇きだったのである。五日四晩、一滴の水も飲まずに行ったこともあった。

西遊記で、河童《かつぱ》の化けもの沙悟浄《さごじよう》がとび出すのが、ほかならぬ沙河《さが》とされている。もっとも沙悟浄を河童としたのは、日本の翻案者が考え出したことであって、原文には「河童」ということばはない。もともと河童は日本産のものであって、中国にもインドにもないそうだ。

髪をふりみだした沙悟浄は、真っ赤な目をして、顔は黒からず青からずで、雷のごとく鼓のごとき老龍の声……といった奇妙な妖怪であった。

西遊記の三蔵法師一行のなかで、この沙悟浄はいささか気になる人物である。孫悟空は直情径行で、まことにあざやかな性格のもち主であった。勇敢で素朴、無邪気な豪傑である。これにたいして、猪八戒《ちよはつかい》は好色であり、大食漢であり、人間の欲望の権化というべき性格で、これまた鮮明である。沙悟浄だけが、いわば中間色的性格にえがかれ、そのために目立たない。けれども、こんなにぎやかな物語では、ときにはおとなしすぎるほうが、かえって気になることがある。

西域の流沙は、砂であって、水ではない。だが、沙悟浄の顔色のように、黒からず青からずといった色のところがすくなくない。それは水を連想させるのだ。

玄奘は流沙を越えて、伊吾《いご》に達した。伊吾は現在の哈密《ハミ》県である。この伊吾に高昌《こうしよう》国の使節が、たまたま滞在していて、高昌王に玄奘のことを知らせた。高昌王はぜひとも玄奘に来てほしいと希望したのである。

伊吾に着いた玄奘は、天山北路の草原の道をまわってインド入りする予定であった。けれども、高昌王が礼をつくして迎えるので、致し方なくボグド・オラ山塊の南を通ってトルファン盆地にはいった。玄奘が天山南路のルートをたどったのは、このような予定変更のいきさつがあったからである。

トルファン盆地は、海抜マイナス百五十四メートルで、世界第二の低い土地であるという。すり鉢の底のようなところなので、夏の暑さは言語に絶するものがあった。ボグド・オラ山塊がはり出した南端の山なみは、一木一草もない赤い山肌に、浸蝕のあとが縦にならんでいる部分がある。それが有名な火焔山《かえんざん》なのだ。かげろうでも燃えていると、たしかにゆらめく焔《ほのお》のようにみえる。

西遊記では、山の周辺八百里が火の海で、どうしても通ることができないことになっている。天竺《てんじく》へ行くには、かならずそこを通らねばならない。そのあたりの百姓は、鉄扇公主《てつせんこうしゅ》という女の妖怪から、芭蕉扇《ばしょうせん》を借りて火を消し、耕作をするということだった。ひとあおぎで火が消え、ふたあおぎで風が吹き、三べんめで雨が降るのである。

鉄扇公主は牛魔王《ぎゅうまおう》の妻で、孫悟空は彼女の息子の紅孩児《こうがいじ》をうち負かしたことがあった。紅孩児は降参して、善財童子《ぜんざいどうじ》となって修行中である。けれども鉄扇公主は悟空を息子のカタキとおもっていた。おいそれと芭蕉扇を貸してくれるわけはない。悟空のほうでは、それがなければ、師匠の三蔵法師が天竺へ行けないので、どうしても芭蕉扇を奪い取らねばならない。乱闘がおこるのはとうぜんであった。おなじ妖怪でも、さすがに女性なので、いささか色気があり、舞台にのせるにはうってつけである。『芭蕉扇』は京劇の西遊記のなかでも、見せ場の一つとなっている。

トルファン盆地北辺の山が、火焰山と呼ばれているという知識が、はたして呉承恩にあったのだろうか？　なかには、順序が逆であって、西遊記に呉承恩が火焰山という架空の地名を先に用い、それを現実の山にあてたという説もあるようだ。『隋書』には高昌の北の山を、赤山と呼んでいる。唐はここに、金山都督を置いたから、この山を金山と呼んだ時代もあったのだろう。『明史』西域伝には、火山という名が出ている。

私はなんどもトルファン盆地を訪れたが、八月末に滞在したときは、毎日、四十度を越えていた。四十五度を越えた日もあり、たいへんな暑さだが、湿気がないので、家のなかや、葡萄《ぶどう》棚《だな》の蔭におれば、あんがいしのぎやすい。

玄奘が招かれた高昌国の国都は、現在のトルファン県城の東約四十六キロほどのところにあった。いまもその遺跡が残っている。夏は四十度を越えて五十度に近くなり、冬は零下二十度というきびしい気候だが、降雨量はいたってすくない。年間降雨量が三十ミリていどだから、ほとんど降らないのと同じである。そのため、たいそう乾燥して、遺跡の保存には都合がよい。地上のものは、それでも人為的に損われるが、地下の文化遺跡は、出土されると、きまって良好な状態であったと報告されている。

高昌古城跡の近くに、高昌国の貴族の墓があり、アスターナと呼ばれている。そこからさまざまな文化遺産が出土し、考古学の宝庫といわれているそうだ。

西域三十六国などというが、つまりは一つのオアシス圏が一つの国だったのである。西域諸国のなかで、高昌国はいっぷう変わった国であった。当時、シルクロードのオアシスの住民は、トカラ語（インド・ヨーロッパ語族に属する）を話すアーリア系の人種が多かったようだ。各国の首長もそうであった。ところが、高昌の国王は漢族だったのである。麴《きく》という姓の王朝がつづき、玄奘が訪れたときは、麴文泰《きくぶんたい》という人物が王位についていた。

なぜトルファン盆地だけに、漢族の王朝が存在したかといえば、中国本土に最も近く、本土の動乱で亡命者が大量に流入したからであろう。漢の武帝《ぶてい》の時代から、この地には漢族の屯田《とんでん》兵《へい》がいたのである。

高昌国王麴文泰は、玄奘の人柄にすっかり惚れこみ、この地にとどまって、国民を教化してほしいと希望した。けれども、玄奘は仏法のために、インドへ行かねばならない。その素志だけは曲げることができなかったのである。

高昌王は脅迫に近いことまでしたが、玄奘はそれにたいして、絶食でこたえたといわれている。さすがに高昌王も、玄奘の意思が強いのをみて、ひきとめることをあきらめた。そのかわり、インドから唐に帰るとき、この国に三年滞在して、王の供養を受けることを約束したのである。

オアシスの小国

玄奘は『仁王経』を一ヵ月間講義し、高昌国をあとにして西へむかった。

これによってもわかるが、現在、この地方の住民はほとんどイスラム教徒であるが、当時は、仏教が盛んであったのだ。高昌古城跡はカラホージョと呼ばれて、かなりくわしく遺跡調査が行われているが、仏教だけではなく、ネストリウス派のキリスト教（景《けい》教と呼ばれた）、ゾロアスター教（祆《けん》教と呼ばれた）、マニ教などが信仰されていることがわかっている。キリスト教の翼をもつ天使像が壁面にみられ、マニ教の教典の断片も発見されたのである。

だが、七世紀で最も優勢であった宗教は、まちがいなく仏教なのだ。高昌古城の東北、あまり遠くない山中に、石窟寺群がある。ベゼクリク千仏洞と呼ばれているが、すべて仏教のもので、隋代の石窟もあるから、玄奘が来たとき、すでに造営ははじまっていたのだ。

トルファン盆地には、高昌のほかにオアシス都市の遺跡として重要な交河《こうが》古城跡がある。トルファン県城の西約十二キロのところで、高昌のそれより、ひとまわり小さいが、地上の崩れ残った建造物は、高昌よりも多いようだ。高昌古城は宮殿や寺院などとくに大きいものしか残っていない。交河古城のほうは、小さな民家跡まで残っていて、その点でおもしろい。

高昌から西行した玄奘は、無半城、篤進城をすぎて、阿耆尼《あぎに》国にはいったと、三蔵法師伝にしるされている。無半は現在の布干《ブカン》、篤進は現在の托克遜《トクスン》であろう。トルファンから天山南路にいま鉄道が建設されている。南疆鉄路と呼ばれているが、一九八〇年夏に私が行ったときは、庫爾勒《コルラ》まで開通していた。私は途中の魚児溝《ユイアルカン》まで乗り、托克遜《トクスン》も通過した。トルファン盆地の西のはずれで、どこまでも砂漠がつづいている。

高昌王から人夫二十五人、馬三十匹、黄金百両、銀三万、綾《あや》、絹など五百匹を贈られたので、玄奘のこの部分の旅は、莫賀延磧《ばくがえんせき》を越えたのにくらべると、ずいぶんらくであったはずだ。

玄奘は唐に帰国したあと、『大唐西域記』を書いた。西域各国のことをしるした地誌であり、玄奘自身はそのなかに登場しない。彼はこの著作を、阿耆尼《あぎに》国からはじめた。高昌国のことは書いていないのである。

高昌王との約束——帰国の途中、立ち寄って三年滞在すること——は、ついに守られなかった。守ろうとおもっても守れなかったのだ。玄奘がインドに留学しているあいだに、高昌国は唐によってほろぼされてしまった。トルファン盆地は唐の版図にはいっていたのである。『大唐西域記』に、高昌を書かなかったのは、それがもう外国ではなかったからなのだ。阿耆尼《あぎに》からはじめたのは、そのような情勢の変化による。

高昌がほろびたのは、唐にたてついたからだった。高昌の首長麴文泰《きくぶんたい》は漢族であり、伝統的にその王朝は中国寄りだったのである。彼の父の麴伯雅《きくはくが》の時代から、隋に入朝して、隋軍に従って、その高句麗《こうくり》遠征にも参加した。玄奘が西へ去ったあと、麴文泰は長安を訪れた。西域諸国のなかでは、最も親唐的とみられていたのだ。それがなぜ唐に反抗しなければならなかったのか？

血は水よりも濃いというが、もっと濃いのは国益であったというべきであろう。国益は国民の生活を背景としている。

トルファン盆地は、東西交易路の要衝にあたっていた。東から西へ、西から東へ通う隊商は、この地に立ち寄り、金をおとして行く。また高昌の人たちも、隊商を組織して交易活動をおこなっていたであろう。

玄奘が敦煌《とんこう》まで行かずに、その手前で国境を越えたのは、当時のいわゆるシルクロードの本道が、「伊吾《いご》の道」であったからだ。莫賀延磧《ばくがえんせき》を越えて伊吾（哈密《ハミ》）からトルファン盆地に出て、天山《てんざん》南路にむかうのが、メイン・ルートであった。敦煌から漢の玉門関《ぎょくもんかん》や陽関《ようかん》を越え、ロプ・ノールのほとりの楼蘭《ろうらん》を経由して、天山南路へ到る「楼蘭の道」は、そのころ、閉鎖されていた。

「楼蘭の道」をとれば、トルファン盆地を通らずに、天山南路の阿耆尼国に出る。距離としては、こちらのほうが近いのである。

『大唐西域記』には阿耆尼とあるが、焉耆《えんぎ》とも書かれる。現地名はカラシャールである。高昌とあまり仲のよくない阿耆尼が、唐の朝廷に、旧道の再開を陳情して、それが認められそうになった。旧道とは「楼蘭の道」にほかならない。

旧道再開となれば、トルファン盆地は裏街道となり、さびれることが目にみえている。高昌国としては、それに抵抗せざるをえなかったのである。

玄奘は高昌王の紹介状を持っていたのに、阿耆尼では冷遇され、替え馬も提供してもらえなかったので、一泊しただけで、早々に立ち去っている。これによっても、そのころからこの両国の関係が友好的でなかったことが察せられる。まして、利害が衝突したのである。

高昌は阿耆尼《あぎに》の旧道再開を妨害することにした。それは阿耆尼を攻めることにほかならない。そのため、高昌は突厥《とっけつ》と結んだのである。高昌は漢王朝で、親唐的であったとはいえ、西域のオアシスで国を維持するには、二つの超大国の一方を完全に無視することはできなかった。当時の二つの超大国とは、唐と突厥であった。高昌王麴文泰は、そのために、自分の妹を突厥の可汗（首長）の息子に嫁がせていたのである。阿耆尼襲撃のために、高昌は突厥の力をバックにしたのだ。

阿耆尼は旧道再開のことで、唐と結んでいたのである。阿耆尼を攻撃されたので、唐は遠征軍を送った。麴文泰の見込みちがいであったといわねばならない。彼は唐に遠征軍を送る力はあるまいとみていた。なぜなら、数年前に長安を訪れたとき、唐に飢饉があり、辺境はさびれているようにみえたからである。隋のときに入朝した経験者もいて、それと比較して、唐の力は弱いと判断した。これは皮相の観察であった。隋はさかんに表面を飾った。隋の煬帝《ようだい》の性格は、極端にはで好みで、とかく異国の人の目を驚かせることが多かったのだ。それにくらべて、唐の太宗はじみであった。むしろ自分の力をかくすほうであったといえる。

唐の遠征軍の攻撃を受けて、高昌国はあえなく滅亡してしまった。麴文泰は高昌落城の直前に、憂いのために病没したのである。唐は高昌の領土を西州《せいしゅう》として、直轄領にすることにした。

貞観十四年（六四〇）のことである。

龍人伝説

冷たくあしらわれた阿耆尼をあとにして、玄奘は西へむかい、屈支《くつし》に到着した。これは、「亀茲《きじ》」とも書かれる。現在は庫車《クチヤ》となっている。

——管弦伎楽《かんげんぎがく》は特に諸国より善《よ》し。

玄奘は『大唐西域記』に右のように特記している。シルクロードのオアシスの住民は、例外なく歌舞好きである。なにかあると、楽器を鳴らし、歌をうたい、そして踊るのだ。そのなかでも、とくにこの地方は歌舞にすぐれていた。古くから、「亀茲《きじ》の楽」として知られている。

庫車《クチヤ》近辺には、仏教遺跡がかなり残っている。私が見た石窟寺群だけでも、キジル、クムトラ、キジル・カハの三ヵ所で、とくにキギル千仏洞はミンウィ・タクの山腹二キロにわたって、二百三十六の石窟がつくられている。入口に交脚菩薩像をもつ第十七窟は、キジル最古の石窟とされ、後漢末（二世紀末から三世紀初頭）にまでさかのぼれるとする説さえある。渭干河《いかんが》の上流にキジル千仏洞があり、下流にはクムトラ千仏洞がある。ここの石窟の数は百六であり、規模はキジルの半ばにも足りない。けれどもクムトラ千仏洞には、玄奘がここで説教をしたという伝承がある。第六十八窟から第七十二窟までの五窟は、回廊でつながっていて、土地の人はそのブロックを「講経堂」と呼ぶ。その前面に舞台をつくったのであろう。木材をさしこむための孔《あな》が、岩にたくさん残っている。玄奘は舞台にならんでいる人たちにむかって、石窟のなかから講義をしたのであろう。

クムトラには、古代亀茲《きじ》文字もあれば、漢字も残っている。はるか遠いむかしから、この天山南路の要衝が、国際色を帯びていたことがわかって興味深い。

四世紀から五世紀にかけて、この地方から鳩摩羅什《くまらじゆう》というすぐれた僧が出た。のちに長安へ行き、仏典の漢訳に従事したのである。日本人にも親しまれている『法華経』も彼の訳による。なお鳩摩羅什は『般若心経《はんにやしんぎよう》』も訳しているが、いま私たちがふつう読んでいる『般若心経』は、玄奘が訳したものなのだ。莫賀延磧《ばくがえんせき》を越えるとき、玄奘は心に『般若心経』を念じたというが、当時、彼はまだそれを訳していなかったので、鳩摩羅什の訳であったのであろう。奇《く》しき因縁といわねばならない。

玄奘はこの地に六十余日滞在した。それは凌山《りょうざん》の雪がとけて、通れるようになるまで待ったからである。彼はここから北上して、天山を越えたのである。凌山はいまのベタル峠であろうという。

一九七八年にここへ来たとき、私は玄奘のあとをたどろうとして、庫車県城から北へ車で五時間ほどのところへ行った。そこは「大龍池」と呼ばれて、キルギス族の遊牧、狩猟地区のなかにある。

玄奘は『大唐西域記』のなかで、「龍池」のことを紹介しているが、おそらくこの池のことであろうという。

かつてこの池のそばに城があったが、城内に井戸がないので、婦人たちはその池の水を汲《く》んで使っていたという。ところが、龍が人間のすがたをしてあらわれ、婦人たちとまじわった。彼女たちは龍種の子を産んだのである。龍種の人は勇敢であり、脚は奔馬にまけないほどだった。気が荒く、王命に服さないので、城主である王は、突厥《とっけつ》をひきいれて、彼らをみな殺しにしたという話である。

この龍人交合物語のほかに、龍馬交合の伝説もあった。龍はすがたを変えて牝《めす》馬にまじわり、龍駒《りゅうく》を生ませる。この龍駒はとても人間の手に負えない。龍駒のつぎの代の馬になって、やっと人間が御すことができるそうだ。そのため、この地方に名馬が多いといわれている。

龍がすんでいたという大龍池は、あくまでも澄《す》みわたり、しかも静寂であった。雪をいただく天山はまださらに北にあり、玄奘の苦労がしのばれた。

龍池の伝説は、どこか西遊記のにおいがする。西遊記には、しばしば龍が登場するのである。太宗《たいそう》が冥府に墜《お》ちたのも、もとはといえば、龍王に命乞いを頼まれたのに、それがはたせなかったからであった。

孫悟空《そんごくう》の万能兵器である如意棒《にょいぼう》は、東海龍王のところから、かっぱらってきたものであり、三蔵法師《さんぞうほうし》の乗っている白馬は、じつは西海龍王の子の龍が馬にすがたを変えたものとなっている。

大龍池の碧《あお》い水をじっとみつめていると、そこから西遊記の世界があらわれそうな気がする。そのあたりのキルギス族は、子供でもたくみに馬を乗りこなす。龍種という発想が、なんとなくうなずけるかんじである。

天竺の日々

玄奘はインドにはいり、仏蹟を巡礼し、ナーランダーの学林で研究生活を送った。ナーランダーは王舎城の北郊にあり、当時、世界最高の仏教学の学林であった。つねに数千の学徒が集まり、経論五十部を修めた者は、そのなかの僅か十人にすぎない。玄奘はその十人の一人だったのである。

西遊記は、天竺《てんじく》の雷音寺《らいおんじ》が上がりである。そこで釈迦如来と対面して、ありがたいお経を授かったのだ。

現実の玄奘はナーランダーで六年間、研鑽の日々をすごしたのである。おそらく血の出るような辛苦の研究がつづいたのであろう。玄奘はナーランダー最高の俊英と仰がれた。唐《チーナ》から来た若い学僧として、彼の名声は高まったのである。こうなれば、インドにひきとめたいのが、その土地の人たちの願いとなるだろう。けれども、ナーランダーの長老シーラバドラは、ほかの者にひきとめてはならぬと命じたのである。

仏教はすでにインドでは衰弱していた。シーラバドラには、そのことがわかっていたのであろう。インドで仏教は消えるかもしれないが、それをほかの土地に移し植えることこそ、釈尊の望むところではあるまいか。そう考えた末、彼はこの稀代の天才を、あえてひきとめなかったのである。

玄奘はあまねく仏蹟を訪ねた。ナーランダーの近くには、それがとくに多い。最も重要なのは、釈尊が悟りをひらいたブッダ・ガヤの菩提樹《ぼだいじゅ》の下の金剛座であった。釈尊はその前に、ニレンジャナ（尼連禅）河のほとりで六年も苦行した。当時、釈尊がこもったといわれる前正覚山の石窟は、いまチベットから亡命したラマ僧が建てた寺院の境内になっている。

私たちはいま金剛座を見ることができるが、千三百年以上も前に、はるばる唐からインドに来た玄奘は、それを見ることができなかった。その時代、金剛座は地中に埋もれていたのである。玄奘はそこで泣き伏した。末法の世かと、なげいたのだ。

玄奘はブッダ・ガヤの大塔のことを記している。大塔の建立年代は不明である。だが、『大唐西域記』の記述によって、七世紀前半にはすでにあったことがわかっている。

インドの石窟寺院、たとえばアジャンターやエローラについて、玄奘の記述はあっさりしすぎている。はたして彼がそこへ行ったかどうか、いろいろと論議があるのだが、『大唐西域記』には、アジャンターのある摩訶剌侘《マハラッタ》国のくだりに、

――高堂、邃宇《すいう》（奥深い家屋）は崖をうがち、峰に枕し、重閣、層台は巌《いわお》を背にし、壑《たに》に面す。……

と記すのは、石窟のことにちがいない。けれども、彼はそこに描かれていた、みごとな壁画についてては、ひとこともふれていない。

玄奘は六四一年の秋ごろ、帰国の途についたと想像される。彼は約束どおり、高昌国に滞在するつもりであったのだろう。高昌はその前の年に滅亡していた。彼がそれを知ったのは、いつであったか、くわしいことはわからない。

高昌滅亡を知ると、天山南路を通る必要はなくなったのである。パミールを越えてカシュガル（疏勒《そろく》）に出れば、コンロンの北麓、すなわち西域南道を通るほうが、距離からみても短く、らくなコースであった。

パミール越え

往きは凌山《りょうざん》（ベタル峠）越え、帰りは葱嶺《そうれい》（パミール）越えが、最も難所であったのだ。バダフシャーン、ワッハーンの渓谷を通ってパミールにはいったとき、玄奘は四十二歳になっていた。長安を出てから、十六年たっていたのである。

——波謎羅《ボミラ》川

と、玄奘はしるしているが、これはパミールの渓谷の地名を漢字に移したものにほかならない。

玄奘が二十日ほど滞在した、パミール山中の朅盤陀《カバンダ》国が、現在のタシュクルガンであることはまちがいない。

新疆ウイグル自治区のなかでも、このタシュクルガンはタジク自治県となっている。トルコ系のウイグル族とちがって、タジク族はアーリア系で、イラン族に近いのである。言語の構造もまったく異なる。ほかのウイグル族がイスラム教のスンニー派であるのにたいして、タジク族はシーア派に属する。

中国とパキスタンを結ぶ中巴公路がパミールの山中に延々とのびている。そこは玄奘が通った道にほかならない。『三蔵法師伝』では、パミールを越えるとき、玄奘は二回、頭痛をおこしたという。おそらく、高山病の症状を呈したのであろう。その二つの場所を大頭痛山、小頭痛山と呼ぶ。前者はミンタカ峠、後者はスバシ峠であろうと推定されている。

タシュクルガンからジープで約二時間行ったところで、海抜四千八百メートルのスバシ峠を越える。私たちはジープで一目散に越えたので、頭痛をおこさずにすんだが、玄奘はこのパミール越えに苦しんだことであろう。

山の高さや道の悪さだけではなく、山賊の出没にも悩まされた。玄奘一行も山中で賊に襲われ、逃げまどった象が河中にはいって溺れるという事件があった。象は貴重な経文をその背にのせていたのである。

パミールを越えてカシュガルへむかう旅は、ムズタグ・アタ（七千五百四十六メートル）やクングール（七千七百十九メートル）の銀嶺を仰ぐ、たのしいものだが、玄奘は景観をたのしむゆとりはなかったにちがいない。

このとき、象とともに失われた経文は、のちにホータンで補充されることになった。

カシュガル、ヤルカンド（莎車《さしや》）、カルガリク（葉城）を経てホータン（于闐。現在の和田）に至る。ホータンのことを、『大唐西域記』には瞿薩旦那《クスタナ》としている。「大地の乳」という意味であるそうだ。

この西域南道を、私は一九七七年に、ジープで踏破したことがある。早朝、星をいただいてカシュガルを出発し、深夜、ホータンに着いた。沿道の風物が、日本の農村に似ていることに、私は大きな感動を受けたものだった。

玄奘はホータンからニヤを経て、ロプ・ノールの南、楼蘭《ろうらん》の故地に近いところを通り、敦煌《とんこう》に出たのである。敦煌は沙州《さしゆう》ともいう。彼はそこから長安に上表文を送った。出発のときは密出国であったが、十六年後、彼は大歓迎を受けて、祖国に帰ることができたのである。

玄奘が長安に着いたのは、貞観十九年（六四五）正月七日のことであった。ときに彼は四十三歳という男盛りだったのである。

帰り着いた。――という感慨が、彼の胸にこみあげたのは、長安到着のときではなく、敦煌にたどり着いたときではないだろうか。西域諸国を巡歴して、やっと唐土のにおいを嗅いだのである。敦煌は西域への出入口であるが、はっきりと唐側のそれであった。

敦煌は仏教都市であったはずだ。郊外にある有名な莫高窟《ばつこうくつ》は、前秦苻堅《ふけん》の建元二年（三六六）、沙門《しやもん》楽僔という者が最初に石窟寺を造営したと伝えられている。玄奘がこの地を訪れたときより三百年近くも前のことだった。鳴沙山《めいさざん》には、すでにかなりの数の石窟が掘られ、そして目にもあざやかな壁画が描かれていたのだ。

敦煌に来て、玄奘が莫高窟を訪ねないはずはない。彼はそこで、唐の仏教の雰囲気を満喫したであろう。あまりにも長いあいだ、西域と天竺の仏教に接して、すこしく忘れかけていた雰囲気であったのだ。しみじみと味わったにちがいない。比較文化論的なものが、彼の脳裡をよぎったかもしれない。

玄奘が訪れたころ、敦煌の石窟寺造営はまだ盛んであったのだ。そこは遺跡などではなく、現場であったのである。そして、壁画の形式が、釈迦の前生の物語をテーマにする本生譚《ジャータカ》から、西方浄土図に変わる時期にあたっていた。

トルファンのベゼクリフ、庫車《クチャ》のクムトラ、キジルなどもそうだし、インドのアジャンターについても、玄奘はその壁画のことをまったく語っていない。いささか奇妙におもえるが、玄奘が語るべきことは、ほかにも多かったのである。壁画にまで及ばなかったと解すべきであろう。

玄奘三蔵の大旅行は、まことに驚くべきものであった。『三蔵法師伝』は、旅の苦労を、ただ淡々と述べているだけであり、玄奘自身があらわした『大唐西域記』には、彼のすがたはない。けれども、人びとは彼の艱難辛苦の旅を思いやり、さまざまな物語をつくり、善男善女に語り伝えようとした。『西遊記』はこうして誕生したのである。

シルクロードを旅するとき、私たちはときとして、愛すべき悟空《ごくう》、八戒《はっかい》、悟浄《ごじょう》たちが、すぐそばにいるような気がする。物語は生きているのだ。それは玄奘の強烈な魂からこぼれた、いたって元気のよいひと雫《しずく》である。

水滸伝の旅

『水滸伝《すいこでん》』は、明《みん》代の長篇武勇小説。元《げん》末から明初にかけての施耐庵《したいあん》の作とも、施耐庵の原本を羅貫中《らかんちゅう》が改編したともいわれる。

十二世紀初め、宋江《そうこう》らの仲間は山東《さんとう》省で叛乱をおこし、梁《りょう》山泊《ざんぱく》にたてこもり大いに官軍をなやませたが、ついには投降し殺害された。この実話が英雄伝説として語りつがれ、民衆にもてはやされ、肉づけされ厖大な説話になり、講談になり、雑劇になって、明代の初め現在のかたちをとるようになった。

この物語は、史実に自由な想像が加えられ、魯智深《ろちしん》などの身分は低く粗けずりな無法者たち、林冲《りんちゅう》などの武官や地主出身で忠義に富む勇敢なヒーローたちの活躍をとおして、封建権力の暗闘と庶民の悲惨が描かれる。

水滸伝地図

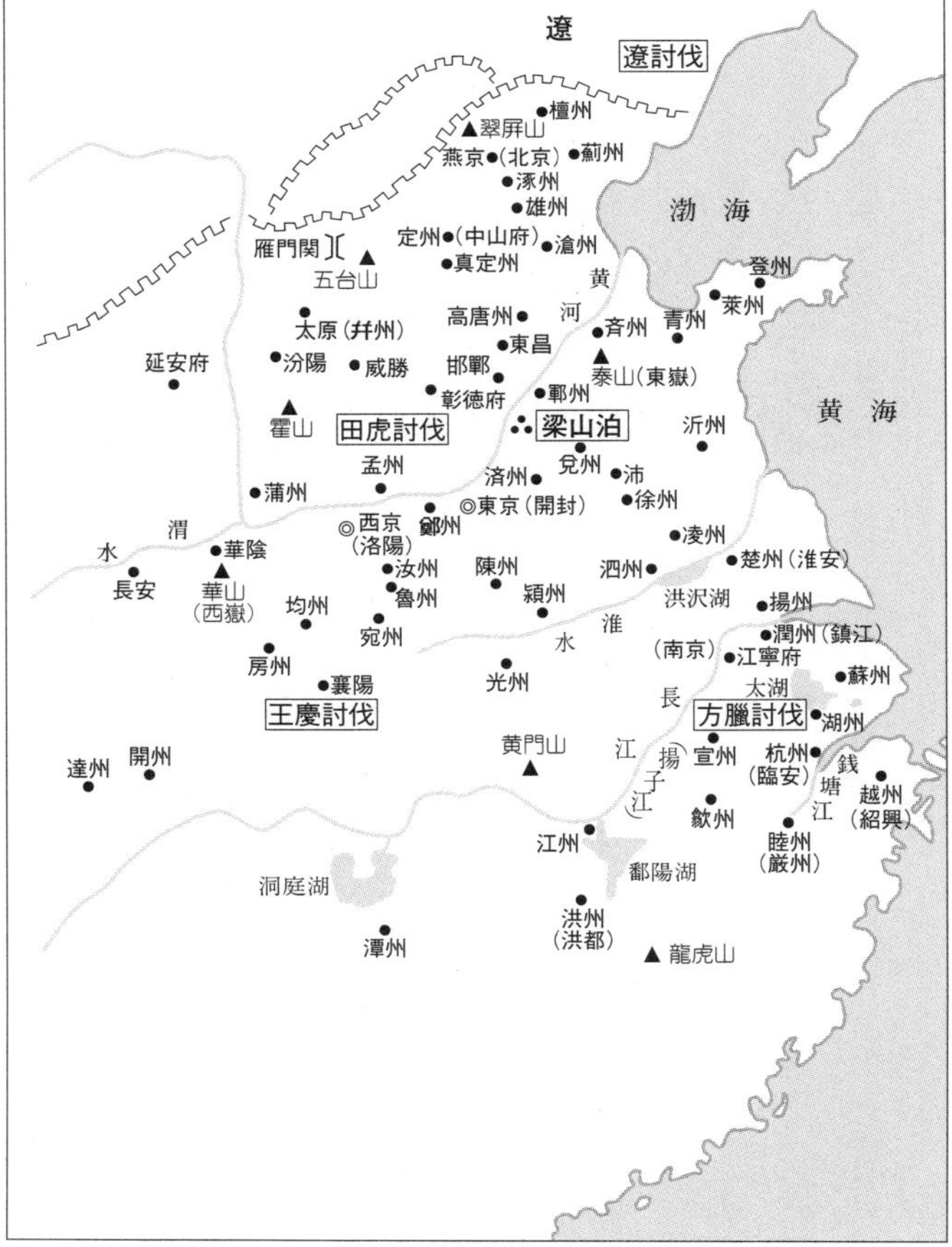

遼
遼討伐
檀州
翠屏山
燕京(北京)
薊州
涿州
雄州
渤海
定州(中山府)
滄州
雁門関
五台山
真定州
黄河
登州
萊州
高唐州
太原(幷州)
斉州
青州
東昌
延安府
汾陽
威勝
邯鄲
泰山(東嶽)
彰徳府
鄆州
黄海
霍山
田虎討伐
梁山泊
沂州
孟州
兗州
済州
沛
蒲州
東京(開封)
徐州
渭水
西京(洛陽)
鄭州
凌州
華陰
長安
華山(西嶽)
汝州
陳州
泗州
楚州(淮安)
魯州
潁州
洪沢湖
揚州
均州
宛州
淮水
潤州(鎮江)
(南京)
江寧府
房州
光州
太湖
蘇州
襄陽
王慶討伐
長江
方臘討伐
湖州
黄門山
達州
開州
揚子江
宣州
杭州(臨安)
銭塘江
越州(紹興)
歙州
睦州(厳州)
江州
鄱陽湖
洞庭湖
洪州(洪都)
龍虎山
潭州

庶民的な英雄豪傑

『水滸伝』は北宋《ほくそう》末期を舞台とした小説である。

北宋という王朝は、東に契丹《きったん》族の「遼《りょう》」、西にタングート族の「西夏《せいか》」の圧迫を受け、かつての漢《かん》や唐《とう》の大帝国時代とくらべると、あまり意気が揚がらない印象をもたれる。女真《じょしん》族の金《さん》と連合して、宿敵の遼をほろぼしはしたものの、かつての同盟国であった金のために、天下の半ばを奪われ、その後は、「南宋《なんそう》」として、百余年の余命を保つ。こうした歴史の経過を概観しただけでも、なんとなく頼りない気がする。

征服戦争を主調とする歴史からみれば、南北の宋朝はあまりぱっとしない。けれども、人びとが仰ぎ見るようにした漢や唐は、どんな時代であったか、仔細に検討してみれば、富み栄え、強力であったのは、皇帝とその周辺だけであったらしいことがわかる。

漢・唐の庶民生活が、どのようなものであったか、資料はきわめてすくない。だから、にわかに即断することはできないだろう。宋代になってから、庶民生活の資料が激増する。時代が降っていることもあるだろうが、庶民がはじめて自分の生活らしい生活をもてたのは、この時代になってからではあるまいか、というかんじがする。

北京の故宮博物院に収蔵されている『清明上河図《せいめいじようがず》』は、北宋の張択端《ちよくたくたん》がえがいたものである。清明節における、首都汴京《べんけい》の繁昌ぶりをえがいたものだが、絵画の世界に庶民が登場するのは、これがはじめてであるといってよいだろう。

漢魏墓や唐墓の壁画、あるいは敦煌の壁画に、庶民の生活が散見される。けれども、それは、被葬者である王侯貴族が、現世の栄耀栄華《えいようえいが》を、あの世まで持って行きたいので、彼の「所有物」としてえがかれたのである。あの世へ行っても、農夫がいなければ、穀物を得られないだろうし、召使いがいなければ不便であろうから、そうした絵が、魏晋墓にえがかれている。敦煌の壁画にえがかれている庶民生活の絵は、仏教説話を写したものだった。やはり庶民生活が、美意識のエリアにはいったとおもわれたのではない。

それにくらべると、『清明上河図』は、庶民の生活に関心をもち、そこになんらかの美を見出した人の作品である。これは、庶民の生活が、芸術家の創作意欲をそそるほど、向上したことを意味するかもしれない。

庶民はやっと陽の当たる場所に、顔を出したのである。宋王朝の強弱は別として、庶民として生活するには、漢や唐よりも、この時代のほうが、ずっと人間的であったようだ。

唐代の伝奇にも、すでに庶民は登場しているが、主流は王侯貴族、才子佳人が主人公であった。庶民生活の向上は、物語のなかでも、庶民的な英雄豪傑の登場を促したようである。

『水滸伝』が書かれたのは、もうすこしのちになってからであるが、時代の設定は北宋末であり、時代にふさわしい英雄豪傑が出てくる。梁山泊《りようざんぱく》にたてこもった百八人の豪傑のなかに、王侯貴族はいない。せいぜい田舎の豪族の出身、あるいは役人でも下級の吏員、軍隊における実技教官といったていどなのだ。これはまさに庶民的英雄豪傑といえるであろう。

酒楼の巷《ちまた》

かつて北魏《ほくぎ》の都として栄えた洛陽《らくよう》が、内戦のために荒廃したあと、楊衒之《ようげんし》という人物が、ありし日のみやこ洛陽をしのんで、『洛陽伽藍記《がらんき》』という本を書いた。六世紀半ばのことである。おなじように、北宋の国都汴京が、金軍に蹂躙され、王朝が南に逃がれたあと、かつて栄えた都をしのんで、孟元老《もうげんろう》という人が、『東京夢華録《とうけいむかろく》』という本をあらわした。十二世紀半ばのことである。

汴京はもとの名は汴梁《べんりょう》であり、現在の開封《かいほう》市にあたる。古都洛陽よりも東にあったので、これを東京《とうけい》と呼んだ。『水滸伝』のなかに、東京とあるのは汴京のことにほかならない。その『東京夢華録』を読むと、市民の生活がいきいきとえがかれている。その文章は、けっして典雅とはいいがたい。俗語が多く、事物地名についても、通称を用いているので、経歴不明の孟元老は文学の士ではないだろうと推測されているほどだ。だが、その筆は、市民生活をえがくにはふさわしい。『水滸伝』は飲み食いの場面が多い。『東京夢華録』も、飲食物の描写についてては、きわめて熱心である。まるで我を忘れたように、食べものの名をずらりとならべたところがあり、それを読むだけで、思わず唾をのみこみそうになる。

南北朝から隋唐にかけて、貴族社会にあっては、食べもののことは、あまり言い立てぬのが、優雅とみなされていたようである。だが、宋代にはそんな飾りはぬぎすて、生活をたのしむことに、遠慮しない気風が生まれていたようにおもえる。

――飢えては食《くら》い、渇《かわ》いては飲み。……

『水滸伝』では、旅行のことを書くとき、このことばが頻出する。腹が減ると食べ、喉がかわくと飲むのはとうぜんのことで、これまでの気取った文人なら、この句は不要として削ってしまったであろう。口癖のように、このことばが出てくるのは、この時代の人たちのエネルギーの噴出のせいにちがいない。

人が出会うと、すぐに料理屋にはいるのも、『水滸伝』の一つのパターンである。第三回の渭州《いしゅう》の場面でも、魯達《ろたつ》、李忠《りちゅう》、史進《りしん》の三人が出会うと、州橋のたもとの潘《はん》という料理屋にはいり、酒や食べものを注文して、武芸の話をしている。

渭州は田舎まちだから、たいした料理屋はなかっただろうが、汴京の酒楼《しゅろう》はたいへんなものであった。『東京夢華録』には任店《じん》という料理屋のもようを紹介している。門をはいると、約百歩の大きな廊下があり、南北の中庭の両側の廊下には、小部屋がずらりとならんでいた。その店は妓女が数百人いて、戸口で客に声をかけたという。しかも、どうやら二十四時間営業であったらしい。

酒楼のなかには、店員ではないのに、注文の世話、妓女の手配、あるいは買物の使いなどをする男がいて、それを「閑漢」と呼んだ。ひまなおとこのことだが、それはチップ稼ぎのりっぱな職業であった。酌をしたり、歌をうたったりして、座をとりもつ男を「斯波《しは》」と呼ぶが、これは日本のたいこもちに相当するだろう。なかなかにぎやかだが、なかには、閑漢や斯波を店にいれないことで、人気を取っている店もあったという。

雑然としていたのである。雑然としているから、飾ることもない。貴族社会では、かくすことがたっとばれ、市民社会ではあけっぴろげでよかった。『水滸伝』の世界は、むきだしの世界といえるだろう。

飢えては食い式の表現を借りるなら、怒れば殴り、喜べば哄笑し、悲しめばおいおいと泣き、激すれば人を斬る、というのが『水滸伝』の世界である。むきだしの感情が、むきだしの行動に直結しているところに、この物語のさわやかさがあるのだ。

花のみやこのにぎやかさといえば、誰しも大唐の国都長安を連想するにちがいない。たしかに長安はメトロポリスであったが、にぎやかさにかけては、はるかに汴京《べんけい》に及ばなかったのである。なぜなら、長安は貴族社会のみやこであり、閉鎖的な傾向が濃厚であった。長安には百十の「坊」または「里」と呼ばれるブロックがあり、それがそれぞれ土牆《どしょう》で囲まれていたのである。城壁をめぐらした大長安のなかに、囲いをもった百十のまちがあったわけだ。

日没になると、鼓の音を合図に、一斉に坊門が閉じられる。長安市民は、自分の坊内以外では、夜歩きができなかった。ところが、汴京では誰もが、どこへでも、時刻を問わずに、歩くことができたのである。夜の長安は真っ暗であったにちがいない。それにくらべて、宋の汴京は不夜城であるといってよい。酒楼のところで述べたように、二十四時間営業の店もすくなくなかった。

にぎやかさにかけては、くらべものにならないことがこれだけでもわかるだろう。

さらにいえば、唐の長安では、商品の売買は、東と西の市においてしか許されなかった。商店はすべて市場のなかにあり、それ以外に物を売る店はなかった。宋の汴京では、商取引についての場所的な制約はない。だから、全市いたるところに、さまざまな物品を売る店があった。唐の長安の東西の市場は、とうぜん日没で営業は終了する。買い物客は坊門が閉まる前に、自分の住む坊に帰らねばならないからである。汴京の商店は、場所だけではなく、時間の制約もなかった。

この状態を、貴族心理では、騒々しいとかんじるだろう。『水滸伝』は、とりすました貴族にとって、露骨で、デリカシーに欠けた物語とかんじられるのとおなじである。

梁山泊

『水滸伝』は実話ではない。すくなくとも、『三国志演義』が史実に忠実であるのにくらべて、フィクションの部分が多い。多いどころではなく、大部分といってよいだろう。『西遊記』は玄奘三蔵の天竺旅行という史実だけを借りて、あとはすべてフィクションで満たしている。『水滸伝』は、これと似たところがある。北宋末期に、宋江《そうこう》という人間を首領とする三十六人の造反団が、反政府運動をおこなった、ということは史書にもしるされている。

――宋江、三十六人を以て斉魏《せいぎ》に横行し、官軍数万、敢えて抗する者無し。

これは『宋史』侯蒙《こうもう》伝の一節である。ずいぶん強い造反軍であったらしいが、そのくわしい活躍は不明である。宋江以外の者の姓名もわからない。

小説『水滸伝』は、三十六人を三倍にして、百八人の英雄豪傑をつくり出し、それにいちいち姓名ばかりか、ニックネームまでつけたのである。彼らの活躍する物語は、おそらくほとんどフィクションであろう。では、その物語はどのようにしてつくられたのか?『水滸伝』物語の誕生地は、疑いもなく講釈師の講席であろう。

汴京《べんけい》には瓦子《がし》と呼ばれる盛り場があった。

――来たれば瓦合し、去れば瓦解す。

といわれるように、瓦というものは、集まったり散じたりするところから、人が集散する盛り場を「瓦子」または「瓦舎」と呼ぶようになったという。

瓦子のなかには、とうぜん寄席や劇場がある。『東京夢華録』によれば、汴京の瓦子のなかには、大小の勾欄《こうらん》が五十余もあったという。勾欄というのは、もともと「手すり」の意味で、それから転じて、演芸がおこなわれる寄席や劇場を指すようになった。おそらく、観客はみな立ち見をしていたので、手すりが劇場を意味するようになったのだろう。日本の演芸小屋は、何々座と呼ばれたが、中国では「座」ではなく、「棚《ほう》」と呼ばれた。大きな棚は数千人を収容した。「蓮花棚」「牡丹棚」「夜叉《やしゃ》棚」「象棚」などの大きな棚の名が、前記の本に挙げられている。観客席に、手すりが縦横にならんでいるので、それが棚のようであったことからの命名であろう。

勾欄のなかで芸ができるようになれば一人前で、まだ認められないあいだは、芸人は大道でその芸を披露した。芸をみせて金をもらうのもあれば、人集めに芸をみせて、商品を売るというのもあった。『水滸伝』では、棒術の名人の李忠《りちゅう》が、膏薬《こうやく》売りのために、武芸を見せものにしている場面がある。場所は渭州《いしゅう》のまちの空地とあるから勾欄ではなく大道芸であったことがわかる。

さまざまな芸があった。切紙芸人もいたが、いかにも中国らしいのは、諸家の文字を切り抜くのが最高の芸であったことだ。「はい、こんどは王羲之《おうぎし》の蘭という字」「つぎは顔真卿《がんしんけい》の……」といった工合である。

『水滸伝』も『三国志演義』も『西遊記』も、本に書かれたのは明代だが、それ以前に、各地の瓦子《がし》で、講釈師によって語られたという前史をもっている。『水滸伝』は時代が北宋末のことだから、宋が南へ移ってから、杭州やその他、南方のまちの瓦子で語り始められたのであろう。

『西遊記』は仏教の説法から始まり、『三国志演義』は「説三分《せつさんぶん》」という専門の歴史講釈師がいて、人気を高めたものだった。これにたいして、『水滸伝』は人間ドラマの面白さで受けたにちがいない。

『水滸伝』のなかに、もちろん歴史もあるが、この物語は歴史を語るのではない。梁山泊の豪傑たちが、遼国《りょう》をやぶったことになっているが、宋が遼に大勝したというのは、歴史的事実に反している。辻褄《つじつま》合わせに、戦争には勝ったが、遼が宋の汚職宰相蔡京《さいけい》に賄賂をおくったので、宋江《そうこう》たちは占領した城を返還しなければならなくなったことにしている。

『水滸伝』は、前半が造反の物語で、後半は政府に帰順して、遼と戦ったり、各地の反乱軍を平定する物語である。帰順後の宋江たちは官軍であり、錦《にしき》のみ旗をかざしているので、あまりおもしろくない。前半の造反時代の物語のほうがいきいきして、読者は思わずひきこまれてしまう。そのせいか、後半を省略して、梁山泊で勢揃《せいぞろ》いするまでの、いわゆる七十回本のほうがよく読まれている。回の分け方によっていろいろあるが、百二十回本が多いようだ。また田虎《でんこ》討伐と王慶《おうけい》討伐をそっくり削り、最後の方臘《ほうろう》討伐だけをいれた百回本というのもある。だが、前半はほとんど削られていない。そこがおもしろいのだ。

一説によれば、『水滸伝』は全編が反乱物語（前半は宋江たちみずからが反乱し、後半は彼らが反乱軍を討つ）なので、政府からしばしば発売禁止令が出るため版木《はんぎ》がみつかって没収されても、損害がすくなくてすむように、七十回本が普及したのだともいう。

梁山泊で勢揃いするまでは、いわば銘々伝である。個人の歴史がそこにえがかれている。七十回以後は、集団の一員として、彼らが活躍することになるのだ。

瓦子で語られた物語は、ほかにも多かったはずである。客は一般の民衆であった。彼らにうけたものだけが、語り継がれ、文字に書かれて、こんにちまで残った。なぜ『水滸伝』がうけたかといえば、一種の鬱憤《うっぷん》ばらしになったからではないかという気がする。政府に反逆するなど、庶民にとっては夢物語であった。けれども、世の中の不条理をみれば、腹が立って、反逆してやろうかという気持になることもあるだろう。自分ではやれないが、やった人たちの物語をきいて、せめてものことに溜飲をさげようとするのだ。

日本におきかえてみれば、『三国志演義』は、『太平記』『平家物語』『太閤記』の系列であろう。それにたいして、『水滸伝』は、『鼠小僧』『国定忠治』『石川五右衛門』の系列となる。ただの盗みではなく、相手が大名などになると、五右衛門のように釜ゆでにされてしまう。富める者から盗み取って、貧民に与えたという鼠小僧、悪代官を襲った国定忠治、これらの人たちは、賊にはちがいないが、庶民が夢のなかで、自分を主人公としてえがきたがっている、理想のアウトローであったはずだ。

士大夫はこのようなアウトローの物語を好まないだろう。あまりにもむきだしすぎる。渭州《いしゅう》で魯達《ろたつ》が肉屋の鄭《てい》をなぐり殺す場面の描写などは、いささか残忍すぎるといわねばならない。胡適《こてき》は『水滸伝』を、強盗を奨励する物語であると片づけている。国定忠治や鼠小僧の物語も、日本のサムライにあまり好まれなかったようだ。とはいえ、物語を書いたのは、士大夫の階層に属していた人にちがいない。よほど筆が立たねば、物語を構成するのは難しいのだから。

作者の故郷

『水滸伝』の作者である施耐庵《したいあん》は、長いあいだ、実在したかどうか不明とされていた。匿名作家かもしれないとおもわれていたのである。近年、『興化県続誌《こうかけんぞくし》』のなかに、彼の略伝と墓誌銘とが発見された。実在した人物であることは、ほぼ確認されたといえよう。生年は不明だが、元《げん》末の至順二年（一三三一）に進士となっている。けれども、役人生活は二年だけで、あとは故郷に帰って、著作に従事し、その地方に割拠した張士誠《ちょうしせい》の反乱軍にも参加したであろうとされている。造反に参加したのであれば、『水滸伝』には作者の体験が、反映されているはずだ。

張士誠は元《げん》末群雄の一人だが、最後の勝利者となったのは、明《みん》の太祖《たいそ》朱元璋《しゆげんしよう》であった。最後まで抵抗した張士誠一派にたいして、朱元璋の報復は熾烈《しれつ》をきわめた。張士誠が本拠とした蘇州《そしゆう》というまちさえ憎まれ、ほかのまちよりも重い税金が課せられたほどである。施耐庵はおそらく明初まで生きていたであろうが、張士誠に協力した人間であれば、大手を振って歩くことはできない。前記の彼の略伝に、門を閉ざして著述にふけったとあるが、蟄居《ちっきょ》しなければならないいきさつがあったのだろう。

施耐庵が蟄居した故郷の興化県は、揚州《ようしゅう》の東北約七十数キロのところにある。長江と淮河《わいが》との中間にあり、西に高郵湖《こうゆうこ》、洪沢湖《こうたくこ》といった、巨大な湖があり、東に通楡《つうゆ》運河、南に新通揚《つうよう》運河が流れている。しかも興化県は、地図をみれば、沼沢地をあらわすこまかい横線で表示された場所に囲まれているかのようだ。

水滸とは、「水のほとり」の意味である。梁山泊とは梁山の船着き場の意味だが、梁山のほとりに、東平湖《とうへいこ》という湖があり、その一帯は地図では点線であらわされている。これは沼沢区ではなく、蓄洪区をあらわす。増水期に水につかる地域なのだ。

黄河の水路が当時とはちがうので、かならずしも往時の面影をとどめているのではないかもしれない。けれども、やはり一種の水郷にはちがいないだろう。

施耐庵の故郷の興化は、江蘇《こうそ》省のまん中にあり、山東省の黄河に近い梁山とはだいぶはなれている。けれども、水郷という雰囲気は、よく似ていたのではないだろうか。梁山泊をえがくとき、あるいは興化の水郷がモデルになったかもしれない。

元末の動乱期に生き、それから門を閉ざしたということであれば、施耐庵はそれほど旅行していないはずである。『水滸伝』の主舞台である東平のあたりへも行っていないだろう。またその時代には、それほど精密な地図はなかっただろうし、地誌のたぐいもかんたんに手に入れることはできなかったにちがいない。

実録を書くのではないという気持があるので、『水滸伝』はそれほどくわしい地理考証はしていないようである。たとえば、前出の渭州にしても、華陰《かいん》県から延安《えんあん》へ行くには、行き過ぎになってしまう。華陰県の若旦那の九紋龍《くもんりゅう》の史進《ししん》が、武芸の師匠の王進《おうしん》を訪ねているのだが、王進は延安府にいる。華陰から北へ行かねばならないのに、西へ西へと行って渭州に至っているのだ。おそらく渭水《いすい》の沿岸にある渭南とか渭城といったまちを、渭州とみたのであろう。それなら、華陰から延安へ行く途中にあたる。渭州は唐代の名称で、宋では鞏州《きょうしゅう》、元では鞏昌《きょうしょう》と称したので、正式には用いられなかった。ただ俗称としては残っていたであろう。だから、渭州の使い方が、施耐庵のころは、あいまいであったかもしれない。

淮河の線は、麦作と米作の境界といわれるが、中国で漠然と北方、南方というときは、やはりこの線が意識される。したがって、興化出身の施耐庵は南方人に分類される人間であった。二年間官途についたが、それが銭塘《せんとう》であったという。これは浙江《せっこう》省だから、りっぱな江南地方である。

主舞台は黄河に近い梁山だが、『水滸伝』のもつムードに、どことなく南方的なものがかんじられるのは、作者が南方人であるからかもしれない。

本の作者だけではない。水滸伝物語は、さきほども述べたように、金国《きん》に圧迫された宋が、南方の杭州に都をうつしたあとに作られたのである。瓦子《がし》の勾欄《こうらん》で誕生したにせよ、それは汴《べん》京《けい》の小屋ではなく、杭州とか蘇州、あるいは揚州といった、南方のまちの寄席であったはずだ。北方を舞台にしていても、南方的雰囲気が漂うのはとうぜんであろう。

山東の大漢

物語の前史も、文字に写した人も、南方に縁が深いとはいえ、物語に登場する人物は、やはり北方的である。北方は豪快で、南方は繊細という、きわめて大雑把な比較論があり、それらに照らしても、人物たちは北方の風土から生まれたとおもえるものが多い。

豪傑たちの出身地はそれぞれ異なるが、やはり地元の山東《さんとう》の人が多い。

戦国時代の地図では、ここは斉《せい》と魏《ぎ》と趙《ちょう》との境界にきわめて近い。さきに引用した『宋史《そう》』にも、実在の宋江《そうこう》は、斉魏に横行したとあった。各国の国境がいりくんでいる地方は、住民がきわめて政治的な考え方をするようになる。斉に属したり、魏に属したり、そのたびにさまざまな経験をして、曲線思考をするようになったにちがいない。造反もその一つのあらわれであろう。

北宋は戦争の強さからいえば、たいしたものではなかったが、経済力の豊かさにかけては、抜群であったといえる。中国歴代王朝のなかで、官吏の数が最も多く、しかも官吏のサラリーが最も高かったのが北宋であったといわれている。給料のほか、親が死んだときの香典、本人が病気をしたときの見舞金が、朝廷からくだされ、それがすくなからぬ額であった。閣僚級の人物が、病床につくと、銀五千両ほどの見舞金が出たことが記録されている。遼《りょう》や金《きん》、あるいは西夏《せいか》とのあいだの平和も、金の力によったところが多い。これによっても、北宋の経済力のほどが察しられよう。

だが、それがいつまでもつづくものではない。北宋末期になると、ぜいたくに慣れ、生活のレベルは下げられないのに、収入増がおもわしくない。朝廷は、経済困難な時代に、かえってぜいたくな皇帝が出た。徽宗《きそう》皇帝は、画人としても第一級の人であり、痩金体をはじめた書家でもあった。けれども、というよりは、それだから、金使いがきわめて荒い。徽宗の風流生活を維持するには、増税あるいは、新税をつくり出すしか方法はなかったのである。

庶民にとって、増税や新税は、生活を直撃するつらいものだった。ゆとりのある生活をしているわけではないのに、まだきりつめなければならない。それも限度というものがあった。とうぜん生活防衛として、脱税の方法を考え出す。

税収がうまく行かないと、国家権力は厳罰主義で臨む。これは違反者、すなわち犯人をたくさんつくり出すことにほかならない。厳罰なので、逃亡するしかない羽目に追いこまれることもある。逃亡者は自衛のために、グループをつくり、武装して、政府の追手をしりぞけようとする。

水滸伝の造反物語の骨格は、こんなところにあったようだ。

水郷であった梁山泊は、漁業がさかんであった。梁山泊の豪傑のなかにも、漁民出身者がいた。ニックネームのリストをみても、船火児《せんかじ》、浪裏白跳《ろうりはくちょう》、聖水将《せいすいしょう》といった、水と関係がありそうなのが目につく。政府は漁船にたいして、一艘につきいくらという税金を徴収していた。これは、それによる収入があってもなくても、一律に徴収する、人頭税ならぬ船頭税だったのである。

漁民の節税対策は、船の数をごまかすことだった。役人が調べに来ることがあるので、ふだんから船をかくしておく。かくしやすい場所は、逃亡者にとっても、身をひそめやすい土地なのだ。

梁山泊の逃亡者は、近辺の漁民と共同戦線をはっていたのであるらしい。誰もが税金逃がれをしていると、共犯者意識がうまれてくる。彼らはたがいに、かばい合うことになった。末期症状というべきか、北宋末期には、逃亡者のような重要犯人が、一般の庶民と結びついていたのである。

武力をもっていた逃亡者の集団は、往々にして、その武力で庶民の生活を守ることもあった。逃亡者はたいてい、もと庶民だったのである。

困っている庶民から税金を取り立てるに忍びないため、徴税成績が悪く、その責任を取らされる役人もいただろう。庶民の味方をしたために、責任を問われ、免職になる役人もいたかもしれない。重大な責任を問われたとき、その役人もまた逃亡しなければならなくなる。

梁山泊のなかに、宋江《そうこう》、林冲《りんちゅう》、李逵《りき》など、下級役人出身の者がいる。梁山泊にかぎらず、各地の造反団に、もと小役人がいたことは、当時の社会状況からも推察できることである。

政府からみれば、逆賊、悪党であろうが、庶民は彼らを憎んでいない。それどころか、深い同情を寄せている。その武力に守られている人たちは、彼らに感謝の念さえもっていたのである。

水滸伝物語が庶民にうけたのは、梁山泊の豪傑たちに、共感をおぼえるからだった。豪傑たちは率直である。率直であったから、梁山泊にはいらなければならなかった。小賢《こざか》しく世の中を渡る人間は、梁山にのぼらずにすむ。この物語は、明末や清代に禁書とされたのに、逞《たくま》しく生きのびて現代に伝わったのは、そのおもしろさのほかに、人間の典型がそこにあり、同情すべき人びとが多いからにほかならない。

豪傑たちは、風雅の心に欠けているかもしれない。だが、きわめて剛直である。エネルギーに満ち溢れているのだ。めそめそしないところが頼もしい。

――山東大漢《シャントンターハン》

ということばが、いまでも用いられている。山東省の男はみな体格が大きい、という意味である。たしかにそうで、豪傑タイプの体格の人が多い。山東省はむかし、青州《せいしゅう》と呼ばれた時期がある。「青州兵」というのは、強い軍隊の代名詞に用いられた。

三国志の時代、曹操《そうそう》が天下に覇を唱えたのは、青州の黄巾《こうきん》軍を配下にしてからであった、といわれている。清代のアヘン戦争のころ、あるいは太平天国《たいへいてんごく》戦争のときでも、なにかあると、山東省の軍隊が動員され、それも青州兵と呼ばれつづけている。

梁山の北は趙《ちょう》の地につながり、さらにその北には燕《えん》の地がひろがっている。古来、

――燕趙悲歌の士

ということばがある。この地方には快男児が多かったのだ。それも、なみの快男児ではない。悲歌の士とは、憂国、憂世の志があり、時局を歎《なげ》き、悲憤慷慨《ひふんこうがい》し、ついには歌いだすという、ロマンチスト型の好漢のことである。中唐の詩人で、大暦《たいれき》十才子の一人と謳われた銭起《せんき》に、『俠者に逢う詩』と題するつぎの詩がある。

燕趙悲歌の士
相逢う劇孟《げきもう》（古の大俠）の家
寸心　言いて尽《つく》さず
前路　日将《まさ》に斜《なな》めならんとす

人生意気に感じ、敢然と死地に赴く人物、たとえば、始皇帝暗殺にむかった荊軻《けいか》などは、燕趙悲歌の士の代表といえるだろう。荊軻は衛《えい》の人だが、原籍は斉《せい》であった。趙の国都の邯鄲《かんたん》にも遊んでいる。そして、燕の太子に見込まれて、大任を託されたのだ。

林冲《りんちゅう》が流された滄州《そうしゅう》は、燕・趙・斉の三国の境界に近いところである。ここは大運河がそばを流れていて、それが梁山のあたりまで通じている。

堂々たる体軀の山東大漢プラス燕趙悲歌の士型のロマンチスト。――これが梁山泊の豪傑のモンタージュ像であろう。

南方遠征

水滸伝の後半は、かつての造反軍が官軍となるので、悪代官をやっつける痛快さはない。しかも、豪傑のなかから、一人また一人と、犠牲者が出てくる。主役クラスのスターが、舞台から消えるのはさびしいものである。

遼国との戦いは、対外戦争だからまだよいが、田虎《でんこ》や王慶《おうけい》は、かつての自分たちとおなじ造反団であったのだ。

造反団討伐の最後の相手は方臘《ほうろう》である。そして、舞台は作者の施耐庵がホームグラウンドとする南方であった。

官軍となって、宋江はとりすましたようであるが、部下のなかには、官軍生活が窮屈で仕方がないとかんじる者もいたのである。

帰順したあと、宋江たちは戦争に使われるだけで、官位もたいして高くない。田虎、王慶をうちほろぼしたあとの元旦の拝賀でも、宋江と盧俊義《ろしゅんぎ》の宮中席次は、ずっと下のほうである。早朝に参内して列に加わり、午ごろになって、やっと下賜の御酒をいただいた。天子のそばには、戦功もない、大宮人がつぎつぎと行き、聖寿を賀していたのである。宋江の胸には、愁いと恥辱感が満ちていた。仲間のところに帰ってきても気がはれない。

黒旋風《こくせんぷう》の李逵《りき》などは、

——梁山泊に帰ろう。そしたら、せいせいする。

と言い出す始末であった。水軍の頭領たちも、軍師の呉用《ごよう》を呼んで、汴京《べんけい》を大略奪して、梁山泊へ帰ろうと主張した。以前はみなたのしく、のびのびとしていたのに、官軍となってからは、堅苦しいばかりで、王慶討伐に成功して都に帰っても、城内にはいってはならぬと言い渡されている。みんなはそれに憤慨している。宋江がいくらとめても、豪傑たちの不満は爆発寸前だったのである。

そのままだと、梁山泊の部隊は分解したであろう。それが再びまとまったのは、方臘討伐があったからである。これは命令を受けたのではなく、宋江たち一同が、志願したという形であった。

方臘の乱は、浙江省がおもな舞台であった。これは作者の施耐庵が、地方官として二年勤務した土地であり、土地カンがちゃんとあった。

第百一回の書き出しのあたりは、作者がいかにもその土地のあるじとして、読者を案内するという気分が出ている。白蛇伝《はくじやでん》の金山寺《きんざんじ》も登場する。

方臘の部下の呂師嚢《りよしのう》が、潤州《じゆんしゆう》城を守り、そこには江南十二神というニックネームのある統制官（部隊長）が配置されていた。

警天神《けいてん》　福州の沈剛《しんごう》
逃奕神《ゆうえき》　歙州《きゆうしゆう》の潘文得《はんぶんとく》
遁甲神《とんこう》　睦州の応明《おうめい》
六丁神《ろくてい》　明州の徐統《じよとう》
霹靂神《へきれき》　越州の張近仁《ちようきんじん》
巨霊神《きよれい》　杭州の沈沢《しんたく》
太白神《たいはく》　湖州の趙毅《ちようき》

太歳神《たさい》　宣州の高可立《こうかりつ》
弔客神《ちょうかく》　常州の范疇《はんちゅう》
黄旛神《こうばん》　潤州の卓万里《たくばんり》
豹尾神《ひょうび》　江州の和潼《わどう》
喪門神《そうもん》　蘇州の沈抃《しんべん》

このリストで気づくことがある。十二人の部隊長には、それぞれ別の地名が冠されている。これは、彼らの出身地であろう。彼らの部下はその土地の連中にちがいない。方臘の造反が、南方の広範囲にわたっていたことがわかる。

つぎに、部隊長のニックネームに「神」の字がついているのは、この広範囲にわたる造反が、宗教的な理念によって集まった人たちによっておこされたことを暗示している。

北宋末期の造反は、北方の宋江たち梁山泊のそれと、南方のこの方臘の乱とが、双璧をなしていたといえよう。

北方の造反団は、逃亡者が身を寄せ合うようにして、つくりあげたグループである。理念などではなく、意気にかんじて集まったのだ。燕趙《えんちょう》悲歌の士が、相逢うて、手を握り、梁山泊に旗をあげた。一本の筋が通っているとすれば、それは「義侠」という漠然たる感情である。漠然としすぎていて、接着剤としては強力とはいえない。王慶討伐のあと、空中分解の危機があった。

——また戦いだ！

というので、ようやく団結をとり戻した。こうなれば、彼らを結びつけているものは、義侠というよりは、「行動」といったほうがよいだろう。彼らにとって、「悪」とはじっとしていることで、「善」とはうごきまわっていることなのだ。

方臘の反乱は宗教結社によるものであった。しかも、それは中国固有の信仰ではなく、唐の則天武后《そくてんぶこう》の時代（一説では北魏《ほくぎ》）に伝来したマニ教であったという。

史書には方臘のことを、

——喫菜事魔《きつさいじま》（菜をたべ、魔に事《つか》える）

と記している。菜食主義者で、魔神に仕える一党というのだ。人間は自分の信仰する神以外は、みな魔神にみえるものである。菜食主義は殺生をきらうからであろう。

マニ教は三世紀に、バビロニアに生まれたマニという人物のはじめた宗教である。その基礎はゾロアスター教であった。ゾロアスター教は善・悪、あるいは明・暗という二元論宗教である。だが、最後には、善が悪に勝ち、明が暗に勝つことになっている。

ところが、マニ教は徹底的な二元論宗教である。善と悪とは、永遠に相逢うことがないので、勝ったり負けたりする関係ではない。過去・現在・未来を通じて、善は善であり、悪は悪であると教える。ゾロアスター教はイランの国教であったので、それに異を唱えたマニ教は弾圧された。教主のマニは、殺されたうえ、死体のはらわたをとり出され、藁《わら》を詰められたといわれている。

信徒たちは、弾圧されて、各地に散ったのである。初唐から盛唐にかけて、中国は信仰に寛容であった。首都長安には、各国の人間が集まっていたので、彼らの信仰の自由は保証された。仏教は空前の繁栄期を迎えた。キリスト教ネストリウス派は「景教《けいきょう》」と呼ばれ、その寺は大秦寺（ローマ寺）と称されている。ゾロアスター教は祆教《けんきょう》であり、その寺院は祆祠であった。

マニ教はそのころ、発音に従って、「摩尼《まに》」と呼ばれた。シルクロードから中国にかけて、マニ教はかなりの信徒を獲得していたようである。マニ教の教典は、トルファン盆地の高昌古城址から出土した。

九世紀半ばになると、唐の武宗《ぶそう》は宗教を弾圧した。仏教側からは、これを「会昌《かいしょう》の法難」という。会昌年間（八四一—八四六）におこなわれたのである。だが、弾圧されたのは仏教だけではない。道教以外のあらゆる宗教が禁圧されたのだった。

キリスト教もゾロアスター教もマニ教もみな同じ目にあった。ここで、キリスト教とゾロアスター教は、中国からほぼ消えたのである。もともと中国に滞在する異域の人の信仰であり、教会を建てても、自分たちの信仰の中心とするのであり、積極的に布教しようという気持はあまりなかったようだ。

ところが、マニ教だけは地下に潜って、生きのびた。故地で大弾圧を受けたことがあるので、弾圧にたいしては強い体質をもっていたようだ。

喫菜事魔《きつさいじま》として、マニ教は生きのび、北宋末に、大反乱をおこしたのである。宗教を軸とする反乱であった意味で、清《しん》末の太平天国《たいへいてんごく》に一脈通じるところがある。

水滸伝の豪傑たちのように、義侠や行動ではなく、弾圧を潜りぬけた強い信仰心が団結の軸となっていたのだ。

反乱の原因は、やはり政府の苛政にあった。長江下流は揚州が塩業の中心であり、政府は塩に重税をかけた。生活必需品の塩は、それなしですませることはできない。私塩（塩の闇取引）が横行するのはとうぜんであろう。政府は厳罰主義で私塩を取締り、私塩業者は武装してこれに抵抗し、各地で連絡し合ったのである。

このような経済的な理由があったのは、梁山泊も方臘もおなじだが、筋金というものは異なっていた。

義俠のもと造反団が、信仰の造反団を討ったのが、水滸伝の方臘戦争であったといえる。信仰で結ばれた彼らの力は強かったが、惜しむらくは計画性を欠いていたようだ。方臘に南京を占領して、革命政権をたてることをすすめた人がいて、それにたいして方臘は、民衆を搾取する官は憎いが、それにとってかわって、官になることは望んでいない、と答えたのである。

造反に起ちあがるからには、とことんまでやることを覚悟しなければならない。そのような覚悟がないので、展望がなく、したがって計画性がないのもとうぜんである。徹底性を欠いたことでは、宋江と方臘とは五十歩百歩であったといえよう。

方臘が宋江軍だけによって討伐されたようにえがいたのは、『水滸伝』の潤色である。北宋の討伐軍のなかに、帰順した造反軍がいたかもしれないが、それは主力ではなかった。北宋は方臘討伐のために、大軍をさしむけたのである。それも、機を失せずに、であった。じつは北宋の朝廷は、遼と戦うために、大動員をおこなっていた。そこに、方臘の乱がおこり、朝廷はすでに集められた軍隊を、南方の方臘にむけたのである。方臘の決起は時期が悪かったというべきであろう。

英雄たちの最期

方臘討伐をもって、『水滸伝』は幕をとじる。宋江はねたまれて毒殺されてしまう。銭塘江《せんとうこう》に面した六和塔《ろくわとう》で、魯智深《ろちしん》は死んだことになっている。私はかつて六和塔を訪ねて、水滸伝の豪傑の最期におもいをめぐらせたことがあった。それにかんしては、いくつかの文章を書いたが、そのうちの一部をつぎに引用して、重複を避けたいとおもう。

――この六和塔で死んだ好漢は数人にすぎないから、ここを水滸伝諸豪の終焉《しゅうえん》の地とするのは、いささか問題があるかもしれない。だが、方臘をとらえた魯智深は、この塔で死んだのである。勲功第一等花和尚《かおしょう》を、ここで死なせたのは、作者からの花束であろうか？　いずれにしても、物語はここで終わった。豪傑の終焉の地に語弊《ごへい》があるとすれば、物語の終焉の地といいかえてもよい。ともあれ十三層のどっしりした六和塔は、高さ六十メートルの巨塔であるが、私をひどく感傷的にさせたものである。

浙江《せっこう》、とくに杭州《こうしゅう》の浜辺には塔の数は多い。そのなかでも、この六和塔は西湖《せいこ》のほとりの雷峰塔と併称された名塔である。併称された、と過去形を用いたのは、六和塔は現存するけれども、雷峰塔のほうは一九二四年に倒壊してしまったからなのだ。

雷峰塔の見えた西湖から、水滸伝ゆかりの六和塔までは、車で二十分ほどであった。雷峰塔はすでに地上にないが、その倒壊の原因は、迷信深い住民たちが、その塔の塼《せん》（煉瓦《れんが》）を持っていると、富貴を得られるという言い伝えを信じて、こっそり抜き取ったからであるらしい。あまり高いところは抜きにくいので、代々、おもに下部の塼が抜かれたのであろう。そして、ある日、とつぜん塔は倒壊した。しかし、その原因がわかってみると、基礎部分がすきまだらけなので、倒壊すべくして倒壊したといえるだろう。雷峰塔の倒壊については、魯迅《ろじん》に有名な文章がある。

六和塔のほうは雷峰塔にくらべて、はるかに安定感があった。塔身は塼だが、周囲は木造なのだ。木造部分は焼失したことがあるが、後年、再び外側にはりつけた。塼ははじめから露出していなくて、かなり厚く壁を張ってあり、まじないのために塼を抜こうとしても抜けない状態にあった。しかも、この六和塔は、むかし九層だったのを、のちに十三層に改造した。層間が狭くなっているので、それだけがっしりしているが、またよく見ると、用心深すぎて、デリケートなかんじもする。

花和尚魯智深《かおしようろちしん》はここで死んだというので、その連想から、六和塔がなんだか魯智深に似ているというような気がした。京劇の舞台でも、魯智深は肥満した巨漢である。水滸伝はかぞえきれないほど、舞台で演じられたであろうが、おそらくスマートな魯智深など、いちども登場しなかったであろう。西安の三蔵法師ゆかりの大雁塔は、六十四メートルの巨塔で、大きさからいえば六和塔とほぼ同じだが、四角のきわめてすっきりした単純美をもっている。六和塔は八角であるうえ、各層の屋根がそりあがっているので、肩を怒らせたかんじで、そのことも魯智深を連想させるのである。

六和塔の前は銭塘江であり、杭州湾の満潮が、銭塘江の河水とぶつかったときには海嘯《かいしよう》がおこる。これが有名な「浙江潮」だが、魯智深はその海嘯をきいて、自分の死期を悟り、しずかに香を焚《た》き、禅床のうえに坐って大往生をとげたことになっている。あんな暴れ坊主の最期にしては、意外というほかない。しかし、最後まで童心を失わなかったという意味で、彼の生涯は高僧のそれに匹敵するかもしれない。

銭塘江の海嘯はその季節があり、私が行ったときは、天地をどよもす「浙江潮」に接することはできなかった。日本に留学した中国人青年のなかで、革命の意気に燃えた人たちが、東京で発行した機関誌に「浙江潮」という題名をつけたのは、今世紀初頭のころのことであった。魯智深に死期を悟らせ、しずかに臨終を迎えさせたおなじ「浙江潮」が、二十世紀の中国青年を燃えあがらせたことに、私は感動をおぼえた。しずかな死と、たぎりたつ生への意欲と、正反対のようにみえて、じつはその底につながるものがあるのだろうか。

　六和塔の名のいわれは、身和、口和、意和、戒和、見和、利和の「六和」であろうという。六和寺の歴史は古く、塔が建立されたのは、宋の開宝年間（九六八―九七五）である。のちに寺名は開化寺と改名されたが、塔名はそのままのこされて、現在にいたっている。

　水滸伝の豪傑で、この六和塔で死んだのは、花和尚魯智深だけではない。宋江《そうこう》たちは方臘討伐戦のあと、ここからみやこへ凱旋したが、豹子頭《ひょうしとう》の林冲《りんちゅう》が中風にかかったので、ここに残留した。そして林冲を看病するために、行者の武松《ぶしょう》も残留したのである。武松の友情がしのばれる。だが、林冲は半年後に死んだ。ところが、武松は林冲の死後も、この地を離れようとせず、寺男のようなことをして八十の天寿を全《まっと》うした。奥ゆかしいことである。なおほかに、病《びょう》関索《かんさく》の楊雄《ようゆう》と鼓上蚤《こじょうそう》の時遷《じせん》もこのあたりで病死した。

　なお混江龍《こんこうりゅう》の李俊《りしゅん》、出洞蛟《しゅつどうこう》の童威《どうい》、翻江蜃《ほんこうしん》の童猛《どうもう》たちは、みやこへの凱旋をことわって、海外雄飛を試みる。彼らは「化外国《かがいこく》」へ赴き、李俊は暹羅国《せんらこく》の国王となったと、ひとことつけ加えられている。

長い物語でおなじみになった庶民は、彼らの後日譚をききたいと熱望し、それにこたえるために、数百年後、明《みん》末清《しん》初のころ、陳忱《ちんしん》という人物が『水滸後伝』という物語をつくった。これは近年、日本でも訳本が出た（平凡社の東洋文庫の一冊におさめられている）。その物語は李俊《りしゅん》が主人公であるのはいうまでもない。

現在の中国で、人民文学出版社から出版されている水滸伝も、七十一回本なので、私たちを案内してくださった旅行社の人も、それを読んでいたが、最後の六和塔のくだりは知らないようであった。

六和塔の眼下に銭塘江の河口があり、そこに鉄橋がかかっている。南京や武漢《ぶかん》に揚子江をまたぐ大鉄橋がかかっているが、それは解放後に建造されたものである。ただこの銭塘江の長い鉄橋は戦前のものなのだ。しかも、戦前の大きな鉄橋は、たいてい外国人の手によって建造されたものだが、この銭塘の大鉄橋だけは、はじめて中国人の設計、施工になる本格的な鉄橋である。六和塔前の広場で、私たちが旅行社の人たちにきいた「説明」は、おもにその鉄橋のことであった。その鉄橋の経験が、南京や武漢の大鉄橋に花を咲かせたというような話である。

残念ながら、水滸伝の話は出なかった。

銭塘の大鉄橋は、中国人の誇りであることにはまちがいない。だが、水滸伝の物語も、数百年のあいだ中国人の心情に高揚と陰翳《いんえい》をもたらし、生活をゆたかにしてくれたものであったことも忘れることができない。同文の国である日本にも、おなじことがいえるのではあるまいか。

私は六和塔を仰ぎ、銭塘を見はるかし、しばし立ち去りかねた。

あとがき

杜甫の「春望」と題する詩に、

国破れて山河在り
城春にして草木深し

という有名な句があり、芭蕉も「奥の細道」に引用していることもあって、日本の読書人にも親しまれている。

「山河」とは、祖国のこと、中国の大地のことにほかならない。「江山」あるいは「江湖」も、ほぼおなじニュアンスである。そこは歴史の舞台であり、背景であり、詩文に詠まれた対象でもある。そうしたことを頭に浮かべることなく中国を旅するのは、索莫たるものではないだろうか。

すくなくとも、私はそれを惜しみてもあまりあることだとおもう。

そんな人とともに旅をすれば、お節介ながら、ここにはじつはこのような歴史の故事がある、といった解説をしてみたい気になることであろう。なにも知識をひけらかすのではなく、あまりにも惜しいとおもうからなのだ。

本書執筆の動機は、そのあたりにあるのだが、もちろんただ旅のガイドのつもりではない。旅行するかどうかは別として、一人でも多くの人に、中国をすこしでも掘り下げたところで理解してほしいと思ったからなのだ。

中国の歴史のハイライトは、なんといっても『史記』と『三国志』であり、正史といわれる二十五（二十四とかぞえる説もある）史のなかでも、最も多くの読者をもつ。それは三位以下を、問題にならないほどひきはなした数字である。

なぜそうなったかといえば、三国以後の歴史も、すべて『史記』と『三国志』（一般に読まれているのは、それを読物ふうにした『三国志通俗演義』である）のなかに祖型ともいうべきものがあるからなのだ。

歴史はくり返すという。もちろん条件や環境は異なるが、タイプは同じなのだ。歴史に登場する人物についても、たとえば劉邦型だとか、項羽型、あるいは曹操型、諸葛孔明型といったタイプを、後の歴史的人物にあてはめることができる。いまでも、現代の人を「あの人は関羽型だ」と形容することが珍しくない。

その意味で『史記』と『三国志』のみをとりあげたのである。

中国詩文学の華は唐詩である。杜甫、李白、白居易などは、古来、日本でも親しまれてきた。平安貴族の必読書が『白氏文集』であったことはよく知られている。

中国人の詩的情緒は、唐詩に凝縮されているといってよいだろう。中国の詩は、「以て志を言う」ものとされてきた。唐詩を理解することは、中国的情緒だけではなく、中国人の志にふれることでもあろう。

民衆を知ろうとすれば、民衆の好むものに注目すべきである。小説、講談、演劇など、大衆娯楽のジャンルで、数百年のベストセラーといえば『西遊記』と『水滸伝』であろう。中国人のフィクションづくりの能力のレベルを、この二作ははっきりと示している。

抑圧された時代に、民衆は空を飛んだり、万能の武器をもって妖怪を退治する話、あるいは理不尽な役人をこらしめるグループの話などは、拍手をもって迎えられた。

とりあげた歴史も詩も小説も、すべて古典であり、それらの古典の旅を通じて、引っ越すことのできない隣人のすがたを、理解してほしい。両国の相互理解や交流にいくらかお役に立つことができれば、幸せである。

一九九三年十一月

陳舜臣

この作品は一九八三年六月講談社より刊行された。

中国古典紀行　英雄ありて

二〇〇五年九月十五日　初版第一刷

著者　陳《ちん》舜《しゅん》臣《しん》

発行者　杉田早帆

発行所　株式会社　たちばな出版

〒一六七-〇〇五三

東京都杉並区西荻南二-二一-七-八2F

TEL　〇三-五九四一-二三四一(代)

FAX　〇三-五九四一-二三四八

印刷所　凸版印刷株式会社

定価はカバーに記載してあります。

落丁本・乱丁本はお取り替えいたします。

ISBN4-8133-1892-4
©2005 Chin Shun Shin Printed in Japan
㈱たちばな出版ホームページ　http://www.tachibana-inc.co.jp/